往復書簡

oufukusyokan

湊かなえ

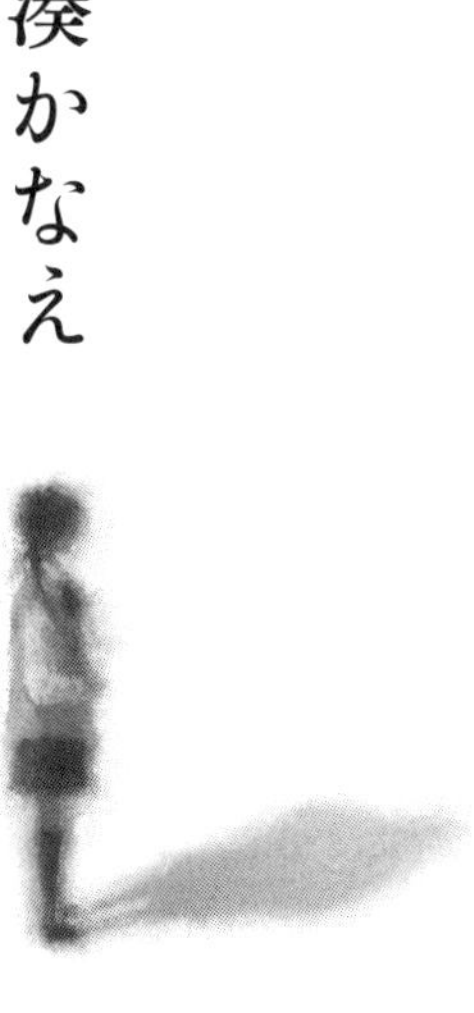

幻冬舎

往復書簡

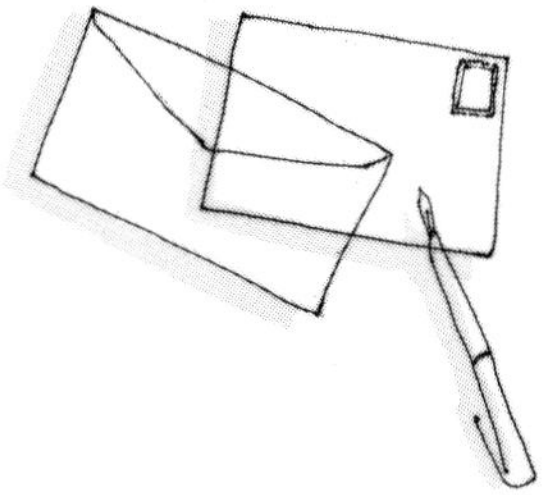

装丁　芥陽子(note)
装画　牧野千穂

十年後の卒業文集

前略　谷口あずみ様

鬱陶《うっとう》しい雨続きの毎日ですが、いかがお過ごしですか？

先週の結婚式はすばらしかったわね。静ちゃんの和装、お姫様（月姫かしら？）みたいで本当にきれいだったし、放送部の仲間たちとも再会できて、とても懐かしかった。

今日は、式のときの写真ができたので送らせていただくわね。たくさんあるでしょう。現像した写真を一生懸命仕分けしながら、メールアドレスの交換をしてデータで送れたら楽なのに、と思ったけれど、アナウンス担当だったわたしは相変わらず機械オンチなもので――。

だからパソコンも持っていないの。

脚本担当だったアズに手紙を書くのは少し緊張するけれど、多少の表現ミスはおめでたいことの延長だと思って大目にみてくださいい。

それにしても放送部の同級生が集まったのは何年ぶりかしら。わたしの場合、高校の卒業式以来だから十年ぶりになるのね。こんなことが実現したのは部活動の同級生同士の結婚だからよね。それも部長の浩一くんと副部長の静ちゃんだから、みんなあの田舎町まで帰ってきたんだと思うわ。

六月第一週の土曜日に、ほぼ全員が集まったというのはやっぱり二人の人徳ね。

そのぶん、あと一人、千秋が来ていなかったことが残念だわ。

正直なところ、最初、案内状を見て驚いたの。浩一くんと静ちゃんが？　って。

憶えてる？　一年生の夏合宿。岬島の夏祭りの取材で、島の民宿に泊まった晩のことよ。アズと静ちゃんと千秋とわたしの四人で、好きな男の子を打ち明け合ったじゃない。そうしたら全員が浩一くんで、ものすごく気まずい空気になったわよね。だけど千秋が「それなら四人で正々堂々と勝負しよう。全員玉砕したら残念会。誰かうまくいったら、他の三人は素直に祝福する。どう？」なんて提案して、わたしたちはそれに乗った。

――で、結局、浩一くんのハートを射止めたのは最初に告白した千秋だった。

何もしないまま失恋してしまったのは悔しかったけど、最初からそうなるんじゃないかなとも思ってたわ。だって、千秋は四人の中で一番きれいだったんだもの。背の高いアイドル顔の浩一くんと並ぶと本当にお似合いのカップルだった。玉砕したわたしたちは約束通り二人を温かく祝福したわよね。ケンカした二人を取り持ったことも、しょっちゅうあった。

アズなんて、二年生の秋、二人のためにラジオドラマの脚本を書いてあげたじゃない。「きみを心から愛している。僕とずっと一緒にいてくれないか」なんて台詞まで入れて。

文哉くんが演出と音響効果、良太が録音と編集、静ちゃんが制作補助、浩一くんと千秋とわたしが出演。それぞれ担当して、文化祭で発表しようって、みんなで徹夜までして作ったのよね。それなのに当日、「やっぱり恥ずかしい」って浩一くんがごねて、全校生徒の前でのオンエアは流れてしまって。でも、楽しかったわ。わたし、最後のナレーション今でも憶えてるの。

二人の愛は永遠に続くのである。

それなのに、いつ終わってしまったの？　卒業までは続いていたわよね。高校時代の恋人同士なんて結婚まで辿り着く方がめずらしいことだと思うし、他人の恋愛をさぐるなんてよくないということもわかっているわ。きっと、結婚式に千秋が出席していたら何も気にならなかったと思う。せめて、欠席の理由がわかっていれば――。

それなのに、千秋は行方不明だなんて。

六年前に結婚してすぐ、夫の海外赴任、それもとんでもなく僻地《へきち》についていっていたから何も知らなかったの。千秋のこと、何か知ってたら教えてください。

それでは、お返事待っています。

かしこ
高倉悦子

悦ちゃんへ

お元気ですか？　手紙と写真、ありがとう。手紙をもらうなんて何年ぶりだろう。

悦ちゃんとは、十年ぶりの再会だったけどそんなこと全然感じないくらい懐かしい話で盛り上がったよね。楽しかった。ひとまわり年上の会社のえらいさんと結婚したって聞いてたから、澄ましたお金持ちの奥様みたいになってるかと、ちょっと心配してたけど、昔と同じままの悦ちゃんでホッとしました。

でも、悦ちゃんきれいになったよね。ボサボサ髪に黒縁まる眼鏡がウソみたい。式場のロビーに入ってきたとき、一瞬、誰だろうって思ったもん。そのへんはやっぱり奥様だよね。ワンピースもフェラガモでしょ。あのときは気付かなかったけど、送ってもらった写真を見ながら、どこかで見たなって先月号の「ソレア」を開くと、同じのが載ってたから、すごーいって思っちゃった。

——ここからが本題。

浩一くんの相手がちーちゃんじゃなくて静香だったことは、高校を卒業して東京に行った悦ちゃんにとっては意外かもしれないけど、地元にずっといるわたしにとっては特に驚くことじゃありません。悦ちゃんはきっと、浩一くんとちーちゃんの全盛期を見てそこで時間を止めてしまってるので、余計心配してるんだろうね。

浩一くんもちーちゃんも静香も卒業後はみんな関西に行ったでしょ？　そんなに遠いところじゃないから、三人とも盆と正月には帰ってきてて、その都度会ってたわけじゃないけど、ちょっとずつ空気が変わってたことには気付いてたかな。

でも、知ってることは悦ちゃんとあまり変わらないかもしれない。

わたしがちーちゃんと高校以来じっくり話せるくらいの再会をしたのは、五年前の夏です。帰省していた静香とちーちゃんと三人、プチ同窓会みたいなかんじで近況報告をしあいました。なんだか、一年生のときの夏合宿を思い出しちゃった。

わたしは短大を卒業したあと、郵便局の窓口にいて、ときどきみんなのお母さんに会ったりするよとか、彼氏はいたけど最近別れちゃったとか、そんなかんじ。静香は大学を出て、大阪の食品会社に就職して二年目だったけど、偽装問題とかで忙しくて、彼氏どころじゃないってぼやいてたかな。ちーちゃんは専門学校を出たあと、神戸のモデルクラブに所属していて、アパレルメーカーのカタログモデルをやってるって、一番楽しそうだった。

その頃は浩一くんとまだ続いてたみたい。浩一くんは大学を出て、大阪の製薬会社に就職したから、二人、距離的には問題なかったと思う。ただ、「一緒に住めばいいのに」ってわたしがちーちゃんに言ったら、「それじゃ遊べないでしょ」みたいなことを言われて、もしかして浩一くん以外にも相手がいるんじゃないかな、とは感じた。ちーちゃんって高校のときから浮気性なところがあったし。

だから、この五年のあいだに破局していてもおかしくないんじゃないかな。

そもそも、悦ちゃんもわたしも高校のときは別の子とつきあってたじゃん。悦ちゃんなんて、それこそ同じ部活の同級生とつきあってたんだから、結婚までいかなかったからって、そんなに心配することじゃないってわかってるんじゃないの？　良太、さすが元映像担当ってくらいビデオやカメラ持って、ほとんどテーブルにつくことはなかったけど、それでも悦ちゃんと一番親しげに話してたじゃん。

わたしとしては、悦ちゃんと良太が別れた原因の方が気になります。やっぱ、距離かな？　そもそも、あの夏合宿のとき、四人で好きな人を打ち明けあったけど、本気で答えてたのって、ちーちゃんと静香だけだったんじゃないかな。確かジャンケンをして、わたし、静香、ちーちゃん、悦ちゃんの順番で打ち明けていったんだよね。

わたしは正直、特に好きっていう人はあのときいなくて、みんなのアイドル的存在の浩一くんをあげておけば無難かなって思って言ったんだ。そうしたら、静香が「アズも？」って、ちーちゃんが「ちょっとライバル多すぎ」って、悦ちゃんが「じゃあ、わたしも浩一くん」って、そんな流れだったんだよね。じゃあ、ってのも、みんなで盛り上がるのが好きな悦ちゃんらしいとは思うけど、順番が違ってたら、わたしもそう言ってたかな。

良太とつきあい始めたのは、ラジオドラマ作ってた頃だっけ。二人で遅くまで編集作業してたんだよね。今さらだけど、せっかくの取材テープを消してしまったことがあるくらい、機械オンチの悦ちゃんが何手伝ってたの？　脚本を書いたわたしとしては作品がどこにも公表されなかったのは確かに残念。結婚したのが浩一くんとちーちゃんだったら、二人が反対しても披露宴で無理やり流して盛り上がっていたかもしれないのにね。

まあ、代わりといっちゃなんだけど、三年生の夏に県大会のドキュメンタリー映像部門で三位に入賞した「松月山《しょうげつさん》・月姫伝説」が上映されたし（番外編はカットされてたけど）、よかったんじゃないかな。あれは特に、副部長の静香ががんばった作品なんだから。

静香が浩一くんと結ばれたのは、あのときの御利益かもしれないよ。ほら、ドキュメンタリーの収録に行った松月山頂のほこら。

ショボい町唯一の美しい言い伝え、戦国時代の「月姫伝説」。

夜、松月山頂にあるほこらに願掛けをして、麓《ふもと》の一本松のところまでひと言も口をきかずに辿り着いたら恋が叶う――っていう言い伝えを実践しに行ったでしょ。女子四人が一人ずつ順番に願掛けして黙って下りてたのに、悦ちゃんが途中で「星がきれい」なんて言うから、わたしも「ホントだ」って言っちゃって。ちーちゃんはゲラゲラ笑い出すし、結局、最後まで黙って下りたのって静香だけだったじゃん。きっと、浩一くんのことを願掛けしてたんだよ。それが叶った、でいいんじゃないかな。

それに、わたし、浩一くんにはちーちゃんみたいな派手な子よりも、静香みたいなまじめな子の方が合うと思うんだ。静香は絶対に浮気とかしないでしょ。これでよかったんだと思う。

ちーちゃんが行方不明、って文哉くんから聞いたの？　彼は事件とかそういうのが好きで放送部に入ったでしょ。真相究明とか徹底追跡とか、よく言ってたし。まぎらわしい言い方するから、悦ちゃんが心配するんだよね。

ちーちゃんに連絡がつかないのは、ちーちゃん本人がどうこうっていうより、ちーちゃんのご両親が仕事の関係でこの町を出ていったからだと思う。わたしがみんなの近況を知ることができるのは、みんなの親がこの町にいるからだもん。

悦ちゃんなんて、メールアドレスもケータイ番号もわからないし、住所も結婚式のときに聞くまで知らなかったし、そこだって一時帰国中の仮住まいみたいなものなんでしょ？　海外に滞在中は、郵便物をとりまとめて転送してくれる人がいるんだよね。静香も悦ちゃん宛の招待状を、実家のお母さんに聞いて、そこに送ったって言ってた。実家がなければ悦ちゃんだってこの十年間、行方不明同然だよ。

だから、ちーちゃんのことは心配しなくていいんじゃないかな？

こんなに長く手書きの文章を書いたのは久しぶり。脚本を書いていた頃を思い出して、楽しかったな。そういえば、このレターセット憶えてる？　悦ちゃんが誕生日にくれたんだよ。鬱陶しいことも多いけど、実家暮らしのいいところは、懐かしいものを紛失しないってところかな。放送部での活動記録も全部揃ってるし、久々に見てみることにします。

それでは、お元気で！

あずみんより

前略　谷口あずみ様

ようやく梅雨明けですね、いかがお過ごしですか？

先日はお手紙をいただいて、ありがとう。高校時代、特に放送部のことをさらに懐かしく思い出したわ。松月山に行ったときのことなんて、今思い出しても笑ってしまいます。だって、アズったら星空を見上げながら大きな口をあけていたでしょ、そこにカナブンが飛び込んできたんだもの。お笑い番組のコントみたいで、願掛け中だってわかっていても笑わずにはいられなかった。思い出を共有できる友人がいるってすばらしいわね。

良太のことが書いてあったのにはびっくりしたわ。浩一くんと千秋のカゲにかくれてこそこそつきあっていたから、すっかり忘れられてると思ってたのに。

良太とは自然消滅、やっぱり距離が原因かしら。どちらかが裏切ったとかそういう理由ではなかったから、十年ぶりに再会しても普通に話せたんだと思う。わたしも結婚してそこそこ幸せな毎日を送っているし、良太も昔からあこがれていたテレビ番組の制作会社でがんばっているから、お互いの近況をためらわず報告でき、喜び合えたんだわ、きっと。

アズとこんなふうに手紙のやりとりができるのも、アズが幸せそうだったからではないかしら。もうすぐ結婚するんでしょ、ってわたしから書いちゃった。本当はアズから報告してくれるのを待っていたのに。結婚式のときも前回の手紙でも教えてくれなかったから、しびれをきらしてわたしの方から書いてみました。

式が始まる前に文哉くんから聞いたの。もう結納も終わっているんでしょ。お相手は文哉くんと同じ市役所に勤務している三つ年上の人なのよね。おめでとう。

でも、たった一日帰っただけでこんなふうに情報が入ってくるなんて、田舎はある意味すごいわね。だから、絶対にアズは知っている。知っててわたしに隠している。そう思って書きます。もしも知らなかったら、ただの噂話だと受け流してね。

千秋は五年前の夏、実家に帰ってきているとき、事故に遭って顔にケガを負ったと聞きました。

それが原因で精神的にも少し不安定になって、行方不明になった、と。

そちらに帰ってるとき、というのがなんだか気になって。

せっかく一時帰国しているのだし、夫には、久しぶりなのだからゆっくりしておいで、と言われているので、千秋の居所を確認して、元気づけてあげられないかなと思ったりしています。もしも、何か知っていることがあれば教えてください。

プレゼントしたレターセット、大切にとっておいてくれて嬉しいです。

それでは、お返事お待ちしています。

かしこ
高倉悦子

悦ちゃんへ

手紙、読みました。写真を送ってくれたのは手紙を書く口実で、ホントはちーちゃんのことを聞きたかったんだよね。ちーちゃんの事故のこと、これも文哉くんが言ったのだと思うけど、わたしも知ってます。黙ってたのは、また遠い外国に戻らなきゃならない悦ちゃんに、心配事を残したくなかったから。でも、悦ちゃんが知りたいのなら打ち明けてもいいと思ってます。その前に——。

この手紙の送り主は本当に悦ちゃんなの？　実は一通目から違和感がありました。

例えば、書き方が悦ちゃんぽくないな、とか。でも、それは悦ちゃんが東京のいい大学に行って、社会的に地位のある人と結婚して、手紙の書き方の勉強なんかもしたからかもしれないな、と納得することができないこともないかな。

他には、松月山でのエピソード。わたしの口にカナブンが入ったことを、悦ちゃんは知らないはずなのに。あのときの下山の順番は、まず先頭が、演出担当の文哉くん、その次が、撮影担当の良太でハンディビデオでわたしたちを撮るために後ろ向きで歩いてた。次が、静香、前を向いてもくもくと歩いていて、その次が、悦ちゃん、それから、わたし、ちーちゃん、浩一くんの順番です。

悦ちゃんが急に足を止めて振り向いて空を見上げたから、わたしもつられて振り向いて空を見上げたら、そこにカナブンが飛び込んできて、ちーちゃんと浩一くんがゲラゲラと笑い出した。でも、カナブンはすぐに飛んでいってしまったし、わたしは何が口の中に入ってきたのかそのときはわかってなかったし、ちーちゃんと浩一くんは笑ってるだけだったから、その後の下山中、「カナブン」という言葉は出なかったはず。

だから、わたしの背中しか見ていない悦ちゃんが気付いているはずがないのです。

あと、決定的なのはわたしの結婚の話。わたし、披露宴の食事中、「わたしも結婚が決まったの」ってみんなの前で言ったんだけど。

だから、あなたは悦ちゃんではなく、あのテーブルについていなかった人なんじゃないかと思う。

浩一くんか静香。そして、カナブンのエピソードを知ってることも合わせると、浩一くんじゃないの？　奥様っぽい文章も男性が女性のフリをして書いたって言われればうなずけるもの。

でも、ちーちゃんのことを知りたいという気持ちは確かなんだよね。

あなたが本当は誰なのか、ちゃんと打ち明けてくれたら、誰であってもちーちゃんの事故のことをちゃんと話すつもり。いったい誰なんだろう。

ただ、名前を偽っているのが事故について知るためだけなら、絶対に一人候補から外せる人がいる。静香も事故のことはよく知っているもの。

あずみ

アズへ

前略、はもうやめます。やっぱりヘンだった？　外国暮らしが長くなると手紙を書く機会も多いのだけど、それが日本語だったり英語だったり、英文に直すことを前提にした日本語だったりなので、おかしな書き方になって、アズを誤解させちゃったみたい。ごめんね。それでも、親しみをこめて、拝啓じゃなく前略にしてみたんだけど。高校生の頃なんて、そんなのつけることすら知らなかったよね。

わたしは悦子です。それを信じてもらうために、一つずつ。

カナブンのエピソードは、アズより前にいた人たちには気付かれていないと思っていたかもしれないけど、わたしはカナブンが飛び込んでいくのを見てました。

わたしがうっかりしゃべってしまったせいでアズまで口をきいてしまったので、背中をつついてゴメンって言おうとしていたところに、ブーンってアズの顔に向かって黒いかたまりが急降下したものだから、なんだかおかしくて。笑い声は千秋の方が高くて大きいから目立ってたかもしれないけど、わたしも後ろで笑ってました。

もし、疑うのなら、そのときのビデオを見てください。「松月山・月姫伝説」のドキュメンタリー映像のあとの番外編として制作中のおもしろエピソードが収録されているでしょ。そこにわたしが笑っている姿がしっかり写ってるんじゃないかな。わたしは手元にビデオテープがないので確認できないけど。

あと、結婚の話。これは本当にわたしがうっかりしてました。アズに疑われても仕方ないです。

確か、カットされたウエディングケーキがテーブルに運ばれてきたときに言ったんだよね。「ケーキもいいけどクロカンブッシュもいいよね」ってアズが言って、「じゃああずみんはそうしたら？」って文哉くんが言って、みんなでもっと詳しくつっ込もうとしたところに、浩一くんの職場の上司って人がお酒をつぎにきてくれて、そうこうしているうちに、一番のクライマックスの両親への花束贈呈が始まったから、うやむやになったんだっけ。

最初に文哉くんから聞いたときの印象が強くて、何がいつのことだったのかこんがらがってました。っていうか、文哉くんしゃべりすぎだよね。友人代表の挨拶はよかったけど。

千秋の事故という、もしかするとアズは思い出したくないかもしれないことを聞いているのに、こっちの文章にまったく配慮ができてなくて、疑いを持たせることになってしまって、ホントにごめんね。——これで、疑いは晴れたかな。

それでも、わたしが悦子であることをまだ疑うのなら、わたしとアズしか知らないことを何か聞いてください。例えば。

わたしがアズに送っているこのレターセットのこと。これはアズが二年生の夏休みに家族と北海道旅行をしたときのお土産にくれたのと同じものだって気付いてた?

レターセットをくれるなんて脚本担当のアズらしいなって感心したから、このときのことはよく憶えてる。手紙を書こうと思ったとき、「この便せんは富良野《ふらの》の有名な工房で、天然のラベンダーを使って独自の製法で染めているものなんだよ」ってアズが言ってたのを思い出して、懐かしくなって通販で取り寄せました。でも、どうしてわたしにレターセットをくれたんだろう。千秋にはハンカチ、静ちゃんには手鏡をあげていたのに。

こんなかんじのこと、アズがこの手紙を書いたのは「悦ちゃん」だと納得できるまで聞いてください。千秋のことはそれからで構いません。信頼関係が成り立たなきゃできない話だと思うので。

それでは、お返事待ってます。

悦子

悦ちゃんへ

前回はおかしなことを書いてごめんなさい。どうしてだろう、ちーちゃんの事故のことは、町の人から興味本位で聞かれることがうんざりするくらいあったから、今でもその話題になるとちょっと不信感を持ってしまうところがあるのかもしれない。ごめんね。

もう手紙をくれてるのは悦ちゃんだって、九〇パーセント信じてるけど、あと一〇パーセントのために、もう一つだけ質問させてもらうね。

でも、悦ちゃんとわたしだけしか知らないことってなんだろう。悦ちゃんとわたしの関係を改めて考えてしまいます。

例えば、静香と良太は小学校のときから一緒だから、その頃のエピソードとか聞けるし、就職でこっちに戻ってきた文哉くんには最近の町のこと、もしくはわたしのつきあってる人（婚約者、ってのはテレちゃいます）のことなんかを聞けばいいけど、高校生になってから知り合った悦ちゃんには何を聞けばいいんだろうね。同じことが、浩一くんやちーちゃんにも当てはまるけど。

悦ちゃんと二人だけでやったこと、ラジオドラマ「二一世紀・月姫伝説」のことについて聞こうかな。もともとあのラジオドラマは、つまんないことでケンカをしたちーちゃんと浩一くんを仲直りさせるために、悦ちゃんが二人がいないときにみんなに相談して、「お互いのラブラブエピソードなんかをからめながら、くさい台詞言わせちゃおうよ」って提案したものだから、二人で脚本を考えることになったんだよね。

　いつもは一人でもくもくと脚本を書いていたから地味な作業だなって思ってたけど、悦ちゃんはまじめな顔をしてヘンな台詞を提案してくるから、書いてるあいだじゅう楽しくてたまらなかった。

そこで質問。

あのラジオドラマの最後の台詞。「二人の愛は永遠に続くのである」と決定稿には書いたけど、初稿は別の台詞でした。それは何でしょう。これはCDでも台本でも確認できないよ。

本物の悦ちゃんだとしても、もしかしたら忘れてるかもしれないけど、期待して待ってます。

それでは、また。

あずみん

アズへ

信じてくれてありがとう。問題の答えは簡単です。

「二人の恋路は前途多難。でも、応援してまっせ！」

わたしが提案して、「何で最後だけ関西弁なの？　お笑い番組の見すぎ」ってアズに却下されたんだったよね。懐かしいな。アズの手紙を読んで、そういえばアズと二人だけでしたことってあまりなかったんだなってことに気付きました。

でも、そういうの忘れるくらいアズとは一番気が合ったよね。わたしが放送部に入ったのは同じ中学だった千秋に誘われたからだけど、最終的には千秋よりもアズと一緒にいる時間の方が長かったんじゃないかと思う。まあ、浩一くんが千秋にべったりだったこともあるけど。

それでも、千秋が誘ってくれなきゃわたしの高校生活はかなりつまんないものになってたと思うし、やっぱり、誰が一番とか関係なく、千秋も含めて同級生七人全員で会える日が来るといいな。

アズしか頼れる人はいません。お願いします。

千秋のこと、教えてください。

悦子

悦ちゃんへ

ちーちゃんの事故のことを書くね。少し長くなるけど、そして、ちょっとまじめな書き方になるけど、おつきあいください。

高校を卒業してちーちゃんと再会したのは前にも書いたけど、五年前の夏です。

同じ年のお正月に静香と偶然会って、お互いの連絡先を交換して、電話やメールでやりとりを何度かしたんだ。その時期、聞いてもらいたいこともちょっとあったし（彼氏とうまくいってなかったので）。

放送部の同窓会をしたいね、という話の延長で、関西にはちーちゃんと浩一くんもいるんだからプチ同窓会ができるじゃん、って言ったんだけど、あの二人プラス1で楽しいはずがないでしょ、って言われて、それもそうだなって納得しました。だから静香もちーちゃんと電話やメールのやりとりはあっても、まともに再会したのはわたしと一緒、五年ぶりだったみたい。

でも、浩一くんとは職場が近くて、行きつけのランチの店でときどきばったり会うんだ、って言ってた。製薬会社で働いてるのとか、営業だから接待が大変なんだってとか、お酒は苦手みたいとか、だんだん浩一くんの話ばかりになって。ちーちゃんは浮気をしているとか本気で怒り出すし、静香はまだ浩一くんのことが好きなんだなって思った。

静香が大阪の大学に進学したのも、浩一くんを追いかけてだと思う。浩一くんは二年生になったときにお兄さんが大阪の大学に進学したから、「おまえも同じところに行って、兄弟で一緒に住めって親に言われてる」って言ってたでしょ。静香は「大阪の大学を受けるのは親が関西までしか出してくれないから」って言ってたけど、浩一くんに合わせてそんなこと言ってたんだと思う。だって、静香の弟は東京の大学に進学したもん（総理大臣と同じ学校なのよって、郵便局の窓口でおばちゃんにいつも自慢されてたから）。

でもね、わたし、静香は大阪に行かなきゃよかったのにって思うんだ。悦ちゃんはわかると思うけど、高校のとき「この人しかいない」って思っても、環境が変われればいろんな人と出会って、もっと好きになれる人が見つかるわけじゃない。

浩一くんは確かにかっこよかったけど、所詮田舎の公立校レベルで、それよりかっこいい人なんてわんさかいるわけじゃん。年だって、高校生のときまでは基本的に同級生が恋愛の対象だったけど、だんだん年上って素敵だなとか、年下もかわいくていいかなとか、選択肢が広がるわけよ。

地元の短大に行ったわたしでもそういうことに気付いて、それなりの出会いがあったんだから、外に出ればまさに新しい人生が始まるって感じじゃない？　でも、そこに昔からのあこがれの人がいると、外に出たにもかかわらず、その人に出会ったときのままで止まってしまうんじゃないかな。

静香はホントに止まってた。

それを実感したのはラジオドラマ「二一世紀・月姫伝説」のことを責められたとき。

あれを作っていた頃、浩一くんとちーちゃんが別れるのを静香は待ってたみたい。そうしたら、夏休み明けに二人が大ゲンカしたでしょ。

ちーちゃんが同じクラスのサッカー部の子に試合の応援に来てほしいって頼まれて、サンドイッチ作って行っちゃったから。それを浩一くんに責められて、ちーちゃんも気が強いから、「応援くらいで何ごちゃごちゃ言ってるの？　文化系クラブの男子はネチネチしててイヤね」なんて言い返して、浩一くんはさらにムキー、ちーちゃんは完全無視、って感じだったよね。

それで、悦ちゃんがみんなに提案してラジオドラマ作ったじゃない。みんな賛成したよね。誰も反対しなかったよね、静香も。なのに、「どうして協力したのよ。アズはわたしの味方だと思ってたのに」って電話口で静香、わたしを責めるの。

あのときわたしが協力したのは罪悪感があったから。わたしもちーちゃんと一緒にサッカー部の試合を見に行ったし、そもそも、サンドイッチを一緒に作ろうって誘ったのはわたしの方だったから。その頃つきあってた彼氏にいいとこ見せたかったんだけど、サンドイッチって手間がかかるでしょ？　だから。

それにしても何年前のことを責めてるの？　って思わない？　静香にもそう言った。「今さらそんなこと言われても困る」って。それ以上はもう何も言ってこなかったけど、わたしはあのラジオドラマを作ったときにみんなの絆《きずな》がさらに深まったような気がしてたけど、静香はそういう気持ちでいたのね。

そんな感じで、同窓会をしようなんて言ってたけど、会わない方がいいんじゃないかと思って、わたしからは何も持ちかけずにいたの。そうしたら、夏になって静香から電話がかかってきて、お盆休みで昨日からこっちに帰ってきたから会おう、って。

翌日の晩、約束していたお店「リゾレッタ」、オシャレなイタリアンのお店なんだけど、そこに行くと、静香と一緒にちーちゃんもいたの。ちーちゃんも二、三日前に帰省していて、静香に電話で誘われたみたい。なんで、ライバルのちーちゃんを？　って驚いちゃった。

三人でワインをボトルで頼んで乾杯して、「悦ちゃん、結婚したんだって」なんて言いながら近況報告をして、だんだん放送部の頃の話になっていったの。でも、ラジオドラマの話になると危険でしょ。だから、ドキュメンタリーのことばかり話してたの。

あれってホントにがんばったじゃない。みんなで手分けをして、町の文化保存会の人たちのところに行って「月姫伝説」のことを教えてもらったり。八十歳を超えたおばあさんが、自分を月姫にたとえておじいさんとのことを話し出すから、「ちょっとイメージが……」って引いてたら、戦争中のことだったんだよね。おじいさんが戦争に行っているあいだ毎日願掛けに行っていたって聞いて、わたしも悦ちゃんもボロボロ泣いちゃったじゃない。

そういうことを言ってたら、「そうだ今から行こうよ」ってことになったの。「いろいろな人に取材したけど、一回限りって言い伝えはなかったよね」って。行こう、って最初に言い出したのは誰だろう、静香かな？

三人でボトルを二本空《あ》けていて気分は妙に高まっていたし、あと、わたしは失恋したてだったから、今度こそ願掛け成功させるぞっていう気分になっていたし、ちーちゃんはなんかおもしろそうってはしゃいでたから、行くことはすぐに決まった。

店を出て、そのまま歩いて松月山の麓の一本松のところまで行って、そこから山道を登り始めたの。何が楽しいのかわからないけどとにかく気持ちよくて、三人ともかなりハイになってた。歌をうたったり、似てないものまねをしてみたり、大騒ぎしながら登ってるうちに、ちーちゃんがラジオドラマの台詞を再現し始めた。わたしも調子に乗って浩一くんのパートを言ってみたり。

「あなた以外の人なんて考えられないわ」

「そんなことを言えるのは僕が今、きみの目の前にいるからだ。姿が消えれば思いも消えるよ」

こんなやりとりをかなり続けて。——気が付くと、静香が黙り込んでた。やばいなあって思った頃にはちょうど山頂で、「じゃあ、静香からどうぞ」って急いでほこらの前に座らせたの。だって、そうしたら黙っていても自然でしょ。静香の次にわたしも手を合わせて、最後がちーちゃん。もうこれが最悪。

黙って座ればいいのに、ハイテンションのままわたしを押しのけるし、「お願いするときは口に出してもいいんだよね」って静香を見ながら言ったの。「浩一のお嫁さんになれますように」って。大声張り上げて。どうすりゃいいの、って感じでしょ。悦ちゃんにいてほしかった。一気に酔いが醒めて、静香の方を見たんだけど、暗くてどんな顔をしていたのかわかんなかったの。

それから下山することになって、わたし、ちーちゃん、静香の順番で歩き始めた。怖かったよ。行きはテンション上がりまくって騒いでいたから気付かなかったけど、帰りは黙ってでしょ。真っ暗なの。どうやって登ってきたんだろうってくらい。収録のときは、男子がヘッドライトを着けてたんだっけ？

とにかくもう、早く下山したくてたまらなかった。でも、またこれがうまく歩けないのよ。収録のときは長いパンツと運動靴だったでしょ。だけど、そのときは女同士とはいえディナーの帰り。三人とも短めのスカートにヒールの高いサンダル、おまけに虫除け対策もしてなかったから、蚊に刺されまくっちゃって。まあ、そういうのがあって、ちょっとスピードアップして歩いていたの。そうしたら、急に、悲鳴が聞こえて。

振り向いたら、ちーちゃんが転んでた。山道の脇に向かって顔からすべり込むようなかんじで。「大丈夫？」って腕を引いて起こしてあげようとしたら、「痛い痛い」って顔を両手で押さえてて、立ち上がれないの。どうしたらいいのかわからなくて、ケータイで文哉くんに電話して、迎えにきてもらった。

浩一くんは仕事が忙しいとかで、まだ帰省していなかったのよ。こういうときは、やっぱり地元にいる同級生が頼りになるよね。文哉くんがちーちゃんを背負って、一本松のところまで下りたんだけど、あそこちょうど街灯があるでしょ、悲鳴をあげそうになった。だって、ちーちゃんの顔や服が血だらけになってたんだもん。

そのまま文哉くんの車で県立病院の救急外来に運んで、文哉くんとわたしと静香の三人で待合室にいたんだけど、ちーちゃんはケガがひどくて入院することになって。時間も遅かったし、ちーちゃんのお母さんが来たからわたしたちは帰ったんだけど——。

それ以来、ちーちゃんに会うことはできなかった。誰にも会いたくない、ってちーちゃんが拒否したみたい。

右の頬を二十針縫ったんだって。

ケガがひどかったから、翌日、静香と一緒に警察にも事情を聞かれた。現場にも行って。警察も地元の人だったから「月姫伝説」のことは知っていて、だけど、いい年したおとなが酒を飲んでふざけて夜の山に入るなんて、って怒られた。そういえば、ドキュメンタリーの収録のあとも、同じように顧問の大場先生に怒られたよね。事故があったらどうするつもりだったんだって。

ちーちゃんが転んだところは山道の中でも特に傾斜がきつくて、石がごろごろしたところで、先のとがった石に血が付いてて、これで切れたんだろうなってわかった。

これが事故についてのすべて。

ねえ、本当に悦ちゃんだよね。浩一くん、じゃないよね。

わたし、実はまだ信じられないところがあるの。

だって悦ちゃん、わたしのこと、「あずみん」って呼んでたよね。幼なじみの子たちは、うちのお姉ちゃんがわたしのことを「アズ」って呼んでたから、同じようにそう呼んでたけど、高校に入ってから仲良くなった子からは、その頃売れてたタレントの山岡あずみが「あずみん」って呼ばれてたから、わたしも「あずみん」って呼ばれるようになった。ぜんぜん似てなかったけど。悦ちゃんは、オール「悦ちゃん」だったよね。

でも、前の手紙で悦ちゃんしか知らないことをちゃんと答えてくれたし、混乱してます。だけど、悦ちゃんであってほしい。悦ちゃんだから事故のことを打ち明けられたんだと思う。

わたしには、一緒にいたのにちーちゃんを助けてあげられなかった、っていう罪悪感はあるけど、あのとき、あれ以上どうすればよかったのかわからない。だから、もし、これを読んで悦ちゃんがちーちゃんに何かしてあげられることがあるのなら、わたしにも協力させてほしい。

ラジオドラマ「二一世紀・月姫伝説」のときみたいに。

あずみ

アズへ

事故のこと教えてくれてありがとう。

千秋の事故に、まさか、アズがこんなふうに関わってるとは知らず、無神経な聞き方をしてごめんなさい。そして、教えてもらったのに、どうすればいいのかわからなくてごめんなさい。

千秋の居所を捜すことは、それ専門のところに頼めばすぐにできると思う。でも、きっと、わたしが千秋に会っても、何をしてあげればいいのかわからない。モデルをしていた千秋が顔を二十針も縫ったのなら、ものすごくショックを受けたはず。でも、千秋ってそんなに心が弱かったかな。もし噂で聞いたように、精神的に弱って行方不明になったのなら、ケガのせいだけじゃないような気がするの。

それからアズは、まだわたしのことを疑ってるみたいですね。

確かに、わたしは最初「アズ」のことを「あずみん」って呼んでいました。良太とつきあい始めてから彼が「アズ」って呼ぶのを聞いて、そっちの方がかっこいいし仲もよさそうだなって、うらやましくなって、少しずつ「アズ」に移行していたのだけど、そのときの気分で使いわけていたことが多かったから、誤解を与えてしまったみたいですね。ごめんなさい。

でも、良太と別れたからといって、「アズ」の名前の呼び方まで直す必要はないよね。

それにしても、わたしが悦子ではないとして、アズが手紙の送り主を浩一くんではないかと疑うことが納得できません。

浩一くんは事故の日にはいなかったようだけど、千秋とはまだつきあっていたんでしょう？　千秋が願掛けに「浩一のお嫁さんになれますように」なんて言ってたくらいなら、千秋に浮気の疑惑があったとはいえ、完全に冷めきった関係というわけでもなさそうだし。そうしたら、千秋がケガをしたということはわかるわけだし、文哉くんに事情を聞くこともできるわけよね。

それなのに、どうしてアズは浩一くんがわたしになりすましてまで、アズに事情を聞こうとしているのだと思うの？　浩一くんならわたしのフリをしなくても、そのままアズに聞けばいいじゃない。別れ方に何か問題があったの？

アズにとっては負担だと思うけど、事故の直後のこと、千秋のことだけでなく、他のみんなはどうだったのか、教えてください。

悦子

悦ちゃんへ

毎回、疑ってごめん。

そうだよね、浩一くんや他の子たちだったら、五年前の事故のことを今頃になって聞いてこないよね。悦ちゃんだけ何も知らないから、気になるんだよね。

それって好奇心？　それとも、幼なじみのちーちゃんを、本心で心配しているの？

こんな聞き方をすると悦ちゃんは、「当然、千秋のためだ」って言いそうだけど、わたしには悦ちゃんとちーちゃんがそれほど仲良しには見えなかった。

悦ちゃんはちーちゃんに誘われて放送部に入ったって言ってたけど、悦ちゃんの少し低めの声は本当に耳に心地よく響く素敵な声で、滑舌もよく、朗読もうまく、とても誰かに誘われて入ったように思えません。

ちーちゃんは役者志望で、本当は自主映画制作部とかそういうのがあってほしかったみたいだけど、田舎の高校にはオーソドックスな部活しかないから、とりあえず一番近そうな放送部に入ったんだよね。「悦ちゃんはわたしのお姉さんだもんね」ってちーちゃんは忙しくなると悦ちゃんを頼っていて、悦ちゃんはいつも明るくて元気だから「まかせて！」なんて笑ってたけど、ふとした拍子にため息をついたりしていたよね。

ラジオドラマを作ったのも、ちーちゃんに「悦ちゃん、浩一とケンカしちゃったの。お願い、なんとかして」って頼まれたからだよね。

そして、今も、ちーちゃんのことに必死になってる。決してイヤミで言ってるわけじゃないけど、毎回手書きでこれだけ書いてくるって大変でしょ。正直、わたしは今回くらいからパソコンで書こうかなと思ったんだけど、自分で手紙の相手が悦ちゃんなのかどうか疑っているときに、わたしがパソコンで書くと、こっちの方がこの回から誰か別の人に代わったんじゃないかって疑われちゃうよね。筆跡を隠すため？　なんて。

でもわたし、悦ちゃんの字ってどんなふうだったか思い出せません。部活のメンバーの中で唯一筆跡を思い出せるのは文哉くんだけ。成績がよかったから、いつも、みんなで宿題を写させてもらってたよね。でも、「これ何て書いてるの?」って聞かなきゃわからないくらい、みみずがはったような汚い字だった。

幼なじみのためにそこまでがんばれるのかな? って悦ちゃんを疑ってしまうのは、わたしが静香のためにそこまでできそうにないからかもしれない。

わたしと静香の関係ってどうなんだろう。わたしたちの地区は子どもが少ないから、良太も静香も、とにかくクラス全員友だちって感じで接してきたけれど、これが悦ちゃんたちの地区のように一学年四クラスあったら、果たして仲良くなっていたのだろうかと、疑問に思う。まあ、良太は男なのでたいした違いはないと思うけど、静香とは別のグループに所属していたんじゃないかな。

放送部に入った理由は、わたしはどちらかといえばちーちゃん寄りの動機で、文芸同好会とかあったらそっちに入っていたはず。

静香は何で入ったんだろう。入学後のオリエンテーションの部活動紹介が終わったあと、静香に「アズは部活もう決めた?」って聞かれて、「放送部にしようかな」って言ったら、「あ、同じだ」って言われて。まじめでおとなしい静香には放送部が似合いそうだなって、勝手に納得してたんだけど、今から思うと彼女は何をしたかったんだろう。

頭もいいし器用だから何を担当してもオールマイティにこなしてたけど、どちらかといえば全部補佐的な役割で、静香だからできる、っていうことは特になかったような気がする。だからといって、みんなのムードメーカーというわけでもなかったし。

それは浩一くんの役割だったよね。みんなが疲れてきたら、おもしろいこと言って笑わせてくれたりしてたもん。わたしは集中して原稿を書くと、目の下にクマができてたから、それをよくネタにされたな。悦ちゃんのパーティーグッズみたいな黒縁まる眼鏡とボサボサ髪も「山姥《やまんば》伝説」とか言って、――今思うとむちゃくちゃ失礼だよね。

でも、生徒会に書類を出したり、取材依頼書を作ったり、事務仕事はほとんど全部静香がしてくれていたから、みんな自分のやりたいことだけを好きなようにできたのかもしれない。

気付かないところで、淡々とみんなのフォローをしている、静香はそんな感じかな。

何書いてるんだろう。事故のあとのみんなのことだよね。

わたしはやっぱり、事故に対して責任を感じて、何度も病院に行ったし、ちーちゃんの実家にも行ったし、会ってもらえないってわかったら、お花を贈ったり、手紙も書いたかな。元気出してね、とかそういうことしか書けなかったけど。

静香も一、二回、病院に一緒にお見舞いに行ったことはあるけど、仕事があるから大阪に戻らないといけなくて、でも、お花やお見舞いの品なんかは向こうから贈ってたみたい。

文哉くんはあのあとは特に何もしてないかな。お互い窓口業務だから、顔を合わせたときに、「ちーちゃん、どう?」とは聞かれてたけど。まあ、文哉くんは何も引け目に感じることはないもんね。

良太は夏には帰ってこなくて、お正月に帰ってきたときに、文哉くんに聞いて事故のことを知ったらしいんだけど、そのときにはもうちーちゃんの家族は引っ越していて（引っ越したのはその年の秋くらいだったかな）、立場的には悦ちゃんと同じだと思う。

浩一くんは事故から二週間後にこっちに帰ってきたけど、ちーちゃんには会わなかったみたい。文哉くんから又聞きしたんだけど、浩一くんのマンションの電話の留守電に、ちーちゃんから、別れのメッセージが入ってたんだって。内容はよくわからないけど、かなり思い詰めたような声だったみたい。あと、「約束を破ったら死ぬ」とかも言ってたらしくて——。

結局、浩一くんはちーちゃんに会わないまま、黙って身を引くようなかたちになったそうです。文哉くんは留守電に疑問を持ってたみたいだけど、決断するのは浩一くんだもんね。

二人が別れた真相はこれです。

みんな、自分にできることはやったと思う。だから、悦ちゃんも、誰かどうにかしてあげられたんじゃないかとか、自分がいたらどうにかしてあげられたんじゃないか、なんて思わないで。あれは悲しい事故だったんだと思う。わたしが今のちーちゃんのことを知りたいって思うのは、本当は、何かしてあげたいからじゃなくて、回復して幸せに暮らしているちーちゃんを見てホッとしたいからなんじゃないかな。

ときどきそういう想像をしてみることもあります。

顔に傷跡が残ったとしても、それでもちーちゃんはきれいだろうし、テレビなんかで見ると美容整形の技術もとても発達してるみたいだから、もうぜんぜん傷跡なんか残ってなくて、浩一くんよりもっとかっこいい人と幸せに暮らしているんじゃないかなー。どこかでばったり会って、「ちーちゃん心配してたんだよ」って言うと、「何が？」なんて大笑いされるんじゃないかなー、とか。

悦ちゃんがちーちゃんのことを調べるのだとしたら、わたしには、ちーちゃんが幸せに暮らしてるってわかった場合にだけ連絡ください。

なんて、こんなのずるいよね。

アズ

アズへ

辛かったことを思い出させるようなことをしてゴメン。

きっと、五年前にわたしが日本にいても、千秋を助けてあげることはできなかったんじゃないかと思う。浩一くんに別れを告げた千秋の気持ちはわかるような気がする。もし自分が同じ立場になったらって考えました。良太じゃなくて、夫でね。

わたしの場合、夫はわたしの顔に惹かれたってわけじゃなさそうだけど、それでも会社のパーティーなんかは同伴で出席しないといけないから、そんな場に顔に大きなキズのあるパートナーを連れていくのは彼の評判が下がるんじゃないかと思って、わたしも別れようって言うかもしれないな、って思った。

留守電にメッセージを吹き込むのにも、勇気がいったと思う。

なのに、文哉くんは何に疑問を感じたんだろう。

気になります。

悦子

悦ちゃんへ

思わせぶりなこと書いてごめんね。悦ちゃんを心配させるようなこと、書かなきゃよかったと反省してます。

事故のときに助けてもらったお礼をしなきゃと思って、文哉くんを飲みに誘ったことがあるんだけど、そのときこんなことを言われて——。


あれだけ長くつきあって、別れのメッセージを留守電に吹き込むかな。

直接会ったり、電話で話をしたりするのは勇気がいるから避けるかもしれないけれど、手紙とかメールとか他にちゃんと自分の気持ちを伝える手段があるのに、なんでちーちゃんは留守電を選んだんだろう。あれって、普通に用件吹き込むときでも途中でピーッて鳴ったりしてあせるのに。それが気になっていろいろ考えてたら、浩一の話で一つ気になるところがあったんだ。メッセージの中に「約束を破ったら死ぬ」っていう箇所があったんだけど、それって、ラジオドラマ「二一世紀・月姫伝説」の中にも同じような台詞があったなと思って――。

月姫伝説、ちゃんと覚えてる？

合戦に出ていった夫の身を案じて、月姫が松月山頂にあるほこらに願掛けをしていたら、月の精が現れて、「そなたの夫は危険にさらされておる。今宵から十日間ここへ参りにくれば、夫を無事そなたのもとに帰してやろう。ただし、願いを掛けたあとは、麓の一本松までひと言も口をきいてはならぬ」と言って消えた。翌日から月姫は毎夜松月山詣《もう》でをするようになったが、戦の火は町にも徐々に近づいていた。母親から外出するのを止められるが、夫のために詣でを続け、最後の晩、下山の途中で敵方の落ち武者に出くわしてしまい、殺されてしまう。しかし、月姫は最後の瞬間まで声をあげなかったという。夫は翌日、無事な姿で帰ってきた。

みんなで文哉くんから何度も聞かされた話だよね。まあ、わたしはそれをもとに現代版を書いたわけじゃない。夫じゃなくて彼氏にして、戦の代わりに弁論大会の全国大会に行く途中に事故に遭ったことにして、最後、月子は死ぬ代わりに大ケガをすることにして。それが現実になっちゃったんだ――。そうだ、文哉くんの話ね。

それで、母親から外出するのを止められる場面で、「約束を破ったら死んじゃう」っていう台詞があったよね。ドラマの場合は「約束を破ったら彼が死んじゃう」っていう意味だけど、これをそのまま留守電に吹き込んだら、「約束を破ったらちーちゃんが死んじゃう」っていう意味にならないかな。

ケンカした二人を仲直りさせるためにって、彼氏が弁論大会に行く前日に大ゲンカする場面から始めたじゃん。あんたなんか顔も見たくない。会いたくない。メールも電話もしないから、そっちもわたしに絶対連絡してこないで。そんな台詞がずっと続いて、翌日、事故のニュースが――。ちーちゃんが浩一の留守番電話に吹き込んだメッセージは、ラジオドラマから抜き出して編集したものって考えられないかな。サスペンスドラマの見すぎだとか、推理小説の読みすぎだって思うかもしれないけど、あずみんは何も疑問に思わない？

ああ、でも俺の考えすぎだよな。だってラジオドラマのＣＤを持っているのは放送部の同級生七人だけなんだから。だとしたら――。

こんなかんじでした。

昔から文哉くんは一度ひっかかることがあると、とことん追及しなきゃ気が済まないところがあったよね。たかが、昼休憩の五分間ニュースのコーナーなのに、もっと具体的に調べようよ、なんて言われて、みんなで夜遅くまで学校に残ったよね。

その名残なのかもしれないけど、文哉くんの話を聞いて、早速「二一世紀・月姫伝説」を聴き直してみたの。そうしたら、確かに「約束を破ったら死んじゃう」って台詞が出てきて。冒頭のケンカの場面も、高度な編集技術を持っていなくても、少しつなげたり削ったりすれば、簡単に別れの言葉になりそう。ちーちゃんも迫真の演技で、事故のことを知っていてこれが留守電に入っていたら、何も疑わずに信じてしまいそうだなと思う。

文哉くんに言われるまで、書いたわたしも気付かなかったなんて。でも、気付いても何もできなかったと思う。きっと、文哉くんも同じことを考えていたんじゃないかな。そして、これを今読んでる悦ちゃんも——。

留守電にメッセージを吹き込んだのは、静香じゃないか、って。

事故のあと、浩一くんがちーちゃんに会いに来る前に、CDを編集して作ったメッセージを留守番電話に入れておく。もしかしたら、大阪に帰ったあと、浩一くんに直接会って事故のことを伝えたかもしれない。わたしたちも会ってもらえないとか、自分がちーちゃんと同じ立場で醜くなった顔を見られたら、自殺を考えるかもしれないとか、浩一くんをちーちゃんから遠ざける誘導をしたかもしれない。

どうして、こんなに友だちを疑うようなことが平気で書けるんだろう。

実は、留守電の仮説のあと、文哉くんからもう一つ聞いたことがあるの。事故後、ちーちゃんと会った人はいないけど、文哉くんにだけ一度、お母さんから電話がかかってきたことがあるんだって。「車の中に千秋の携帯電話が落ちていませんか?」って。

どうやらあの晩、ちーちゃんはケータイをなくしてしまったみたい。お母さんが言うには、警察に事故現場に落ちていなかったかと聞いたけれど、なかったそうよ。もしかして、静香が持ち帰ったっていうことはないかな。ちーちゃんに浩一くんと連絡を取らせないようにするために。

だとすると、どの時点で拾ってそれを思いつくの？　ちーちゃんが転んだとき？　文哉くんの車の中で？　翌日の事故現場？　あとで届けようと思っていたけど、これは使えるかもって返すのを止《や》めたの？　そもそもちーちゃんはケータイを落としたのかな。

下山するとき、文哉くんがちーちゃんを背負って、でもちーちゃんは顔を押さえてたから安定しなくて、わたしは後ろからちーちゃんの背中を支えながらついていって、その後ろから静香がちーちゃんのバッグを持ってついてきていた。そのときに、抜き取ったのかな。

「リゾレッタ」で再会してすぐ、ちーちゃんと連絡先の交換をしたの。わたしはアドレス帳つきのスケジュール帳を出したけど、ちーちゃんはケータイを開いて、こっちの方が便利なのに、って言ってた。だから多分、ケータイがなくなると、通話やメールができなくなるだけじゃなくて、浩一くんのマンションの住所や電話番号もわからなくなるんじゃないかな。ってことは浩一くんと連絡が取れない。

ここまできたら、本当に最悪の想像を書いてもいい？

事故は本当に事故だったのかな。

だって、わたし下山中のことを思い出しながら、もう一つ気付いたことがあるんだ。

静香、あの事故の晩も、下山するあいだ、一本松のところまで一度もしゃべってなかった。ちーちゃんが転んでも、わたしが電話をかけても、文哉くんが来てくれても、一度も何もしゃべってない。

そんな疑惑を抱えていたはずなのに、五年経《た》つとすっかり忘れて、浩一くんの隣りに座っている静香に心から拍手を送ってました。

そんなわたしを、ちーちゃんは決して許してくれないだろうなって思います。

もう隠してることは何もありません。悦ちゃんに真相を全部託しました。

悦ちゃん、わたしは幸せになれるかな？

アズ

アズへ

真相を教えてくれてありがとう。辛いことを思い出させてごめんなさい。でも、それよりもわたしがアズに言いたいのは、ケガをした千秋を助けてくれてありがとう。

千秋もきっと感謝してると思う。

改めて、結婚おめでとう。こんな手紙を書いてしまったけど、わたしは式に招待してもらえるのでしょうか。わたしのときは、夫が二度目の結婚だったから、赴任先の教会で二人きりで挙げたの。

千秋の居所がわかったら、アズに連絡します。よかったら、千秋にも招待状を送ってあげてください。喜ぶんじゃないかな。

では、お幸せに。

悦子

＊

静ちゃんへ

先日は、結婚式にお招きいただきありがとう。とても素敵な結婚式だった。新婚旅行はオーストラリアに行ってきたのよね？　どうでしたか？　エアーズ・ロックやオペラハウス、コアラ、カンガルーなんて、小学生レベルのありきたりなものしか思い浮かばないけれど、きっと、浩一くんが一緒なら何を見ても美しく、楽しかったのでしょうね。

今日はほんの少しで申し訳ないのだけど、お式のときの写真を送らせていただきます。プロのカメラマンにたくさん撮ってもらったとは思うけど、友人席から見た二人っていうアングルで楽しんでもらえたらな、と思います。

披露宴は本当に楽しかったです。やっぱり、同じ部活の同級生同士の結婚はいいわね。新郎新婦を眺めながら、友人席で思い出話に花を咲かせることができたし、みんなの近況を聞くこともできたし。欲を言えば、全員揃っていればもっとよかったのに。

千秋の事故のこと、アズから聞きました。同じ現場に居合わせたということから、五年経った今でも、罪悪感を抱いているようです。アズの場合は、ほとんど気にしていなかったけれど思い出しているうちに気持ちが昂《たか》ぶってきた、というようなところが半分あるから、そんなに心配しなくてよさそうだけれど、静ちゃんはまじめだから、事故以来ずっと強い罪悪感を抱いているかもしれない、と少し心配しています。

それはともかく、静ちゃんと浩一くんは本当にお似合いだと思う。

新婚生活は一見、浩一くんが主導権を握っているように見えるけど、実は静ちゃんがしっかりとコントロールしているんでしょうね。結婚しても仕事は続けているんでしょう？　披露宴のときも会社の人に主任って呼ばれてたよね。がんばっているのね。わたしは結婚をして仕事を辞めてしまったからうらやましい。毎日休日だと生活にメリハリがなくて、頭がぼんやりしてきそうなんだもの。

静ちゃんは休日に、浩一くんと一緒に放送部で制作した作品のビデオを見たり、ＣＤを聴いたりとかしないのでしょうか。わたしは披露宴で上映されたドキュメンタリービデオがなんだかとても懐かしくて、実家の押し入れにしまっておいたのを送ってもらい、夢中になって見たり聴いたりしてしまいました。

特に、ラジオドラマ「二一世紀・月姫伝説」は自分であきれるくらい、聴きながら笑っちゃった。「愛してる」とか、「あなたなんて顔も見たくない」とか、たとえお芝居でも十代だからあんな台詞をまじめに言えたのね。主演が千秋だから静ちゃんにとってはあまりおもしろくない作品かもしれないけれど——。

いえ、きっと、そんなことは気にならないのでしょうね。静ちゃんと浩一くんはもっと大きな壁を二人で支え合いながら乗り越えてきたはずだから。

実はこのラジオドラマで一つだけ気になることがあるの。この作品を録音するときってみんな揃ってたわけじゃないでしょう？　役者は浩一くんと千秋とわたしの三人で、浩一くんと千秋の場面の収録のときは、わたしは効果音の準備をしていたり。手が空いている人は何かしら作業をやらされていたよね。当然、役者だけでなく、みんなフル稼動だったんだけど――。

場面ごとに録音したものを良太と文哉くんが編集して、ラジオドラマとして完成させたのだけど、試聴会のとき、浩一くんはいなかったよね。こんな恥ずかしいもん聴けるか、って。CDは渡したけど、「もう聴いた？」っていつ聞いても、「あんなもん聴けるか」って、卒業式の日まで言ってたのを憶えています。

わたしとしては、脚本、役者、編集、と全般的に関わって一番思い入れのある作品だから、あんなことを言いながらも、浩一くんが一度でも聴いてくれているといいなあ、と思います。奥様の特権として、さりげなく浩一くんに、それを確認してもらうことはできませんか？　もちろん、静ちゃんがイヤなら構いません。

つまらないことばかり書いてごめんね。

それでは、お二人、末永くお幸せに。

悦子

前略　高倉悦子様

先日は結婚式に出席してくれてありがとう。遠いところから来てくれて、本当に感謝しています。日本にはいつまでいるの？　悦ちゃんの数年ぶりの帰国が、後悔するようなものにならなければと思います。

千秋のことを誰かから聞き、悦ちゃんなりに真実を暴こうとしてるんじゃないでしょうか。

悦ちゃんは昔から大らかでみんなのまとめ役的存在でしたね。わたしはいつも他人の目を気にしてばかりいたから、裏表のない悦ちゃんといると、心の底からホッとすることができました。いいことはいい、ダメなものはダメ、まずいものはまずい、好きなものは好き、なんでもストレートに表現する悦ちゃんが妙に遠回しな聞き方をしているので、わたしが疑われていることはすぐにわかりました。

悦ちゃんぽくなくて残念です。わたしが知っている悦ちゃんなら、ちーちゃんの事故の件でわたしを疑っていることを正直に打ち明け、真相を教えてほしいと言ってくるはずです。

高校を卒業して十年、わたしを含め、誰もがまったく変わっていないということはないとはわかってる。わたしは高校時代よりは自分の意見をはっきりと口に出せるようになったんじゃないかと思う。

高校時代の悦ちゃんは、ちーちゃんに負けないくらいスタイルはよかったのに、オシャレには無頓着で、度のきつい黒縁眼鏡とボサボサの長い髪だったし、お化粧どころかリップクリームを塗ったところも見たことないほどだったのに、式に来てくれたときは、上品なワンピースを着ていて、髪もきれいにセットしていて、女性出席者の中の誰よりもきれいでした。

親戚や職場の上司など招待客が多くて、直接、悦ちゃんにそれを伝えられなかったのを、残念に思っていたくらいです。

浩一がラジオドラマ「二一世紀・月姫伝説」を聴いたことがあるか。悦ちゃんがどうしてそんなことを知りたいのか予想はついてます。でも、その答えをここに書こうとは思いません。

悦ちゃんなら、悦ちゃんらしく聞いてください。

それから、わたし宛になっている郵便物を浩一が開けるということはないけれど、差出人が悦ちゃんなら、もしかすると二人宛に来たものかと勘違いして開封してしまう恐れがあります。昨日はたまたまわたしの方が早く帰ってきたけれど（この手紙は会社で書いています）、大概は浩一の方が早く帰ってくるので、浩一が開封するという可能性がないとはいえません。

PCメール、携帯電話など、他の通信手段で悦ちゃんと連絡を取るということは可能でしょうか。念のため、わたしのPCアドレス（浩一とはパソコンもメールアドレスも共有していません）、携帯番号、携帯アドレスを書いたメモを同封しておきます。もし難しいようだったら、こちらで別の対処方法を考えるつもりです。

もう手紙をくれる予定がないのなら、それはそれで構いません。だけど、次も手紙をくれるのなら、浩一が読んでも大丈夫、むしろ、読むことを前提に書いてもらえればと思います。もちろん、悦ちゃんの常識の範囲で。

もしかして、今回の手紙も浩一が読むことが前提なのでしょうか。

手書きの文章でいただいたのに、パソコンで書いたものを返してごめんなさい。仕事が忙しく、あまり時間に余裕がないので、少しでも時間短縮できる方法を選ばせてもらいました。

それでは、また。

かしこ
山崎静香

静ちゃんへ

忙しいのに、手紙をくれてありがとう。結婚をした者同士だから語り合えることってなんだろう、そんなことを考えながら書いています。

大らかで表現がストレート、それが本物の悦ちゃん――と、静ちゃんが思っているわたしは本当にわたしなんだろうか。

アズも千秋もそう言ってたから、わたしは高校時代、何も疑わずにそういう自分を受け入れていたし、そうあろうとも思ってました。でも、わたしだって小さなことで落ち込んだり、周りが自分のことをどう思っているか気にしたり、これを言うと相手はどう思うだろうって一晩中考えたりすることはあったんだよ。ストレートに聞こえる表現のいくつかは、悩み抜いた結果によるものだったと思う。

そういうわたしに気付いてくれたのは、高校時代なら、良太かな。それでも理解してもらえてたのは五〇パーセントくらいかもしれない。気付くのと理解するのは別物だもんね。良太に気付かれたのは、彼がラジオドラマの編集作業を一人でしているのを手伝ってあげたとき。会話は少ないけれど、音楽や映画の趣味が似ていたから、二人でいると楽しかった。

じゃあ、どうして別れちゃったのかというと、大らかで表現がストレートというわたしがすべて偽りの姿というわけではなかったからです。穏やかな楽しさも好きだけど、みんなでわいわい騒ぐのもやっぱり好きだったのです。

わたしは東京、良太は名古屋に進学したから、わたしたちの関係が終わったのは距離の問題のように思われるけど、そうではなくて、良太は静ちゃんたちが知っているわたしの方をあまり好きではなかったのです。今さらだけど、わたしが近寄らなければ、良太は静ちゃんのことが好きだったんじゃないかな――なんて、せまい世界で十代の頃はまとめちゃおうとするんだよね。

大学生になると七〇パーセントくらいわたしを理解してくれる人に出会え、社会人になると九〇パーセントくらいわたしを理解してくれる人に出会うことができました。それが、夫です。でも、そんなふうにおめでたい解釈をしているのはわたしの方だけかもしれません。わたしの夫に対する理解度はかなり低そうな気がするし。

静ちゃんと浩一くんはどれくらいわかりあってるのだろう。

そんな話題を悦ちゃんにふっかけられたと浩一くんにお伝えください。

わたしの通信手段ですが、一時帰国用のこのマンションにはパソコンを置いていません。携帯電話は持っていません。できれば手紙で連絡を取らせていただきたいので、差出人名を別名にして（当然、女性の名前で）送らせてもらっていいかしら。

お忙しいところ申し訳ないけれど、よろしくお願いします。

悦子

前略　高倉悦子様

お手紙ありがとう。別名で送っていただくということで、引き続き、手紙で了解しました。

前回の手紙では、悦ちゃんの気持ちも考えず、悦ちゃんらしく、なんて書いてしまってごめんなさい。悦ちゃんと三年間、ほとんど毎日一緒に過ごしていたにもかかわらず、悦ちゃんのもう一つの姿に気付かなくてごめんなさい。それに気付かなかったのは、わたし自身が、みんなの持っているわたしに対するイメージと、自分はこんな人なんだと思っているイメージが同じだったからだと思います。

悦ちゃんに別の自分の存在を気付かせてくれたのは良太のようだけど、わたしにはそういう人はいませんでした。なのに、悦ちゃんにはさらに理解してくれる人が現れたんだよね。本当に、いい人に出会えてよかったね。

手紙を読みながら、高校時代の写真を久々に見てみました。県大会の授賞式のあと、女子だけで撮った写真。わたしだけが辛気くさい顔をしています。ちーちゃんは相変わらずのモデルスマイル、悦ちゃんとアズは受賞を心の底から喜んでるって顔をしているのに。そのときだけではなく、いつもそうだった。

どうして同じ場所で同じことをしているのに、みんなは笑っていて、わたしは笑っていないのだろう。何がおもしろくてみんな笑っているのだろう。もしかして、わたしのことで笑っているのだろうか。髪がはねているかもしれない、歯に何か付いているのかもしれない、背中におかしな貼り紙をされているかもしれない。

ありとあらゆることを想像して、一人でその場を離れてトイレに行き、みだしなみのチェックをする。けれど特におかしなところはない。悦ちゃんの方がよっぽど髪はボサボサだし、アズは口をあけたままぼんやりすることが多いし、ちーちゃんはお菓子をぼろぼろこぼしながら食べているし、わたしが一番きちんとしている。もしかして、きちんとしすぎて笑われているのかもしれない。

すごいでしょ、笑えないってだけで、こんなにも不安になるの。

他にも、一番に答えたり、先頭に立つのが苦手だった。だって、次に答える人たちがわたしの意見と大きくかけ離れていたり、わたし一人だけが別の動きをしていたりすると、笑われてしまうでしょう？　それが怖くて立ち位置ばかり気にすることもあった。順番を決めるジャンケンなんか必死だったと思う。

特に一年生のときの夏合宿。晩に四人で、好きな人を打ち明けることになったでしょう？　ちーちゃんが言い出したんだっけ？　わたしはそんなの絶対にイヤだと思ったのに、悦ちゃんもアズもものすごく盛り上がって、やっぱりわたしだけみんなと感覚がずれているんだと思った。

好きな人を打ち明けるなんて恥ずかしいだけなのに、何がそんなにおもしろいんだろうって。それに、まだ入学したばかりだったから、知らない子だらけだったし、そこまで好きっていう人もいなかったから、どうすればいいんだろうって。わたしだけ「好きな人はいない」って答えると、つまらない子だって思われそうだったし。

そんなことを考えてるうちに、打ち明ける順番を決めるジャンケンが始まった。わたしはグーを出した。だって、アズは最初にチョキしか出さないことを知ってるから。

わたしたちの家の近くには石段が百段ある神社があって、小学生の頃はそこでいつもジャンケン遊びをしていたの。グーはグリコ、チョキはチョコレート、パーはパイナップル。アズがいつも最初にチョキを出すのは、勝てば五段進めるし、負けても相手は三段しか進めないから。単純でしょ。

悦ちゃんもちーちゃんもグーを出したから、一番に打ち明けるのはアズになった。その時点であとの順番はどうでもよくなった。とりあえず、アズと同じ人を答えておこうと思った。アズでよかったと思う。アズの知ってる子＝わたしの知ってる子だから。それでアズが不愉快そうな顔をしたら、「でもわたしはそこまでっていうわけじゃないから」って譲ればいいって思ってた。

アズが名前をあげたのは浩一。

アズは昔からアイドル好きだったから、納得できた。予定通り、わたしも浩一だと言うと、あとから続くちーちゃんと悦ちゃんも浩一だと言い、なんだ、ただのかっこいい男の子選びだったのか、とようやくみんなが盛り上がってた理由がわかってホッとした。

みんなでがんばろうとか、ダメだったら成功した子を祝福してあげようとか、好きな人が同じだっていうのに、全然重い雰囲気にならなくて。好きっていう言葉を、深刻に捉えていた自分がバカみたいって思っちゃった。

でも、これからもこんなふうに楽しめばいいのだし、わたしも仲間に入れてもらえているのだし、一人で下校するのがイヤだったからアズと同じ部活にしようと思って放送部に入っただけだったけど、このメンバーでよかったなって心から思ったんだ。

あのときの浩一に対する思いは実はこの程度。だけど、口に出すって不思議。言霊《ことだま》っていうのかな。「好きな人は浩一くん」と言葉にしたことで、翌日からわたしは浩一を少しずつ意識するようになったの。でも、本当に好き、と思ったときにはもうちーちゃんとつきあうようになってた。わたしが浩一を好きになったのは、見た目がかっこいいからとか、おもしろいからとか、そんな理由じゃない。

わたしを笑いの中に誘ってくれたから。意味、わかる？

例えば、みんなで打ち合わせをしているときに、わたし以外のみんなが笑い出した。無口な良太でさえ笑ってる。文哉くんは「勘弁してくれよ」と苦笑いしてる。でも、わたしだけ何がおもしろいのかまったくわからない。わたしは髪や服装が気になってくる。

そうしたら、さりげなく浩一が「静ちゃん、文哉の字見てよ。みみずがのたくったような字だからさ、テーマって書いてるのがラーマに見えちゃってるよな」って言ってくれて、わたしはようやくみんなと笑うことができた。別にラーマがおもしろいってわけじゃないけど、みんなが笑ってる理由が自分でないことにホッとして、笑うことができた。

そんなことは何度もあった。「松月山・山姥伝説」だったら主演は悦ちゃんだったのにとか、あずみんすごいクマだとか、良太のくせにかわいいキーホルダー付けてるとか、浩一がいるとわたしはみんなと笑うことができた。彼女にはなれなくても、それで充分だった。

なのに、わたしは浩一と結婚できた。これ以上の幸せはありません。悦ちゃんの言う理解度に関しては、長く一緒にいるわりにはもしかしたら低いかもしれない。でも、彼はわたしを笑わせてくれる大切な人です。そして、彼にとってのわたしは、泣きたいときに泣かせてあげられる人のような気がします。

浩一が泣く姿なんて想像できないでしょう？　みんなの前ではいつも笑顔でおもしろいことばかり言って、でも、本当はとても繊細で傷つきやすくて――そうか、悦ちゃんと同じですね。外の姿と内の姿。浩一と悦ちゃんが同じタイプなのだとしたら、わたしは悦ちゃんの質問に答えようと思います。

浩一は「二一世紀・月姫伝説」を聴いています。高校生のときから聴いていたそうだし、ちーちゃんと別れたあとは、一日中部屋にこもって繰り返し聴いていた日もあるくらいです。もし、CDが割れたりして聴けなくなっているとしても、彼は最初から最後まで一言一句迷わずに頭の中で再現できるはずです。

当然、ちーちゃんと悦ちゃんが二人で収録した場面に出てくる、ちーちゃんの「約束を破ったら死んじゃう」という台詞も。

これで、満足してもらえたでしょうか？

かしこ
山崎静香

静ちゃんへ

手紙をありがとう。

静ちゃんが気付いていたように、わたしは静ちゃんのことを疑っていました。

静ちゃんは浩一くんが好き。だから、千秋が顔にケガをしたことを利用して、ラジオドラマ「二一世紀・月姫伝説」の台詞を編集したものを浩一くんの留守番電話に吹き込み、二人が二度と会わないようにし向けた。そんなふうに。

じゃあ、浩一くんの留守電に吹き込まれていたメッセージは、千秋が電話口で話したものなのかな。

モデルをしていた千秋が頬を二十針も縫うような大ケガをしたら、好きな人には絶対に見られたくないと思うはずだ、とみんな納得したの？　浩一くんも？

そうだとしたら、千秋がケガをしなくても浩一くんとはうまくいっていなかったんじゃないかと思う。わたしが大らかで大雑把《おおざっぱ》なのだとしたら、千秋は華やかでプライドが高いというイメージがみんなの中にあったんじゃないかと思う。でも、それはやっぱり千秋の一面であって、すべてじゃない。千秋はそんなに強い子じゃない。

ひどいケガをしたときこそ、支えてくれる人を求めるはず。事故直後から携帯電話をなくしてしまっていたから「会いに来て、一緒にいて」と電話はできなかったとしても、ケガの痕《あと》がどのくらい残ってしまうのかもわからないような時点で、わざわざ千秋の方から拒絶するメッセージを吹き込むなんてことはしないと思う。

だから、たとえ浩一くんがラジオドラマを聴いているにもかかわらず、そのメッセージが本物だと思い込んでいたとしても、わたしはやっぱり、留守電に吹き込まれていたのはラジオドラマを編集したものだったんだと思ってる。

静ちゃんじゃなければ、誰がそんなことをしたんだろうって考えてる。

ＣＤを持っているのは放送部の同級生七人だけ。

例えば男性陣はどうだろう。文哉くん、良太。どちらかが千秋のことを好きで、まずは浩一くんと引き離し、その後千秋をはげましながら接近していく。

編集の技術なら良太が一番高いから、浩一くんにバレないものが作れるかもしれない。微妙に声のトーンとか速度とか変えてみたり。でも、良太はその夏田舎には帰っていなくて千秋の事故を知ったのは正月だって聞いた。

じゃあ、文哉くん？　文哉くんが千秋のことを好きだなんて一度も思ったことなかったけど、状況的には少し考えられるかもしれない。千秋を助けにきてくれたそうだし、携帯電話ももしかすると車の中に落ちていたかもしれない。地元にいるからお見舞いにも通うことができる。でも、アズによると、文哉くんは事故後一度も千秋とは連絡を取っていないみたい。まあ、アズが知らないだけで、もしかすると会いに行ったかもしれない。

女性陣は、まずわたしはまったく蚊帳《かや》の外だから除外させてもらっていいよね。わたしもあの夏合宿のときの打ち明け話では、静ちゃんと同様、誰でもいいと思ってました。ジャンケンに負けて一番に打ち明けることになっていたら、やっぱり浩一くんの名前を出していたかもしれない。だって、こんな言い方をするのはなんだけど、無難だもん。

放送部の同級生をあげた方が盛り上がるとして、浩一くん以外の二人をあげると「何で？」って聞かれるでしょ。わたしはどちらとも中学は別だったから性格なんかもいまいちわからなくて、イメージだけで適当なことを言っていると「ホントに好きなの？」って疑われそうだけど、浩一くんならみんな納得するかなって思って。静ちゃんのように口に出したからといって、意識することもありませんでした。

ただ、浩一くんが繊細な人ってのは気付いてたよ。繊細っていうのかな、目立ちたがり屋なのに、責任はとりたくない。そんなことが何度もあった。

「月姫伝説」の収録のために、松月山頂のほこらに行ったじゃない。あのときだって、部長の浩一くんが顧問の大場先生に届けを出すことになってたのに、「せっかくの恋愛祈願の撮影なのに、先生がついてきたらつまらない」ってわざと出してなかったんだよね。

編集したものを先生が見て、勝手に夜間の活動をしたことを知って怒ったとき、浩一くん、「そういう書類関係は副部長の仕事じゃないの？」って静ちゃんのせいにして一番に逃げてた。自分に振られて静ちゃんは、そのまま先生に謝ってたけど、わたしはなんだか納得できなかった。

一度そういうことがあると、小さなこともいちいち目について、わたしはちょっと浩一くんダメかもって思うようになった。それに、千秋と浩一くんがケンカして、二人が仲直りするきっかけになるようにって、みんなでラジオドラマを作ったけど、どういうわけか、みんな勘違いしている。どうにかしてほしいと言い出したのは浩一くんだったのに、千秋がわたしに頼んだことになってる。

わたしはどちらに頼まれたとも言わずに、二人を仲直りさせるためにみんなで協力、というか、「これを機にラジオドラマを一本作って、今年の文化祭の出し物にしようよ」って提案したはずなのに。出来上がったあと、「やっぱこんなの恥ずかしいよ」って浩一くん一人が大袈裟《おおげさ》にごねていたから、みんな勘違いしたのかな。

でも、ずっとそんなことを思い続けてたわけじゃない。浩一くんのイメージはやっぱりかっこよくておもしろいっていう方が先にきていたから。取材のときの小さなエピソードを思い出したのは、

千秋の事故のことが気になって、昔のビデオを繰り返し見たり、CDを繰り返し聴いたりしている
から。
松月山頂のほこらで願掛けをしたあと下る場面なんかは、千秋はどこで転んだんだろうって何度
も巻き戻して、画面の隅々を見た。そうすると、ちょっと気になるところがあったの。わたしが
「星がきれい」ってつい口に出してしまった場面。どうしてわたしはあのとき立ち止まって空を見
上げたんだろうって考えた。あのときは良太とつきあってた頃だったから「ずっと仲良くできます
ように」とかそれなりに願掛けはしていたはずなのに。

そうしたら、思い出したことがある。確か、斜面が急で大きさの違う石がごろごろしていて、後
ろからアズが蹴ったか踏んだかした石が転がり落ちてきて転びそうになったから、ちょっと間隔を
とった方がいいなと思って、端によって立ち止まったついでに空を見上げたんだった。

立ち止まる前の姿がビデオに写っていて、わずかにすべった感じになっていたから間違いないと
思う。その後は、アズの口にカナブンが飛び込んできたから、そっちばかり気をとられていたけど、
画面の端に写った静ちゃんを見ると、アズが笑い出す直前に足を大きくすべらせているのが見えた。

確か、その日、静ちゃんはかわいいサンダルを履いてきていたよね。登るとき、大変そうだなっ
て思ったけど、銀色の細いゴムチューブが何重にもからまってところどころに金色の小さな星型の
ビーズが付いたサンダルは、「月姫伝説」の収録にぴったりだなって思った。

つま先の部分が草履のような形をしていたから、月姫もこういうの履いていたんだろうな。昔だ
からライトもないだろうし、提灯《ちょうちん》を片手に持っていたのかな、十日間も大変だっただろうな、落ち

武者に追いかけられてもこれじゃあ逃げられないだろうな、怖かっただろうな、そんなことを思いながら登っていたから憶えてる。

後ろの方でみんながしゃべったり、笑ったりしてしまったのに、静ちゃんは一本松に到着するまで一度もしゃべらなかった。もともとは収録で行ったのに、わたしにはそんな自覚がなかったんだろうね。

自覚のあった良太はそれ以降、静ちゃんだけを写してた。唇をきゅっと結んで一歩一歩慎重に足を運ぶ静ちゃん。あのとき、わたしは静ちゃんの後ろ姿しか見えなかったけど、静ちゃんは浩一くんのことを今も好きなんだろうなって思った。一本松まで到着すると、文哉くんに怒られた。

「おまえら収録に来た自覚あんのか？　なんとか撮れたけど、静ちゃんに感謝しろよな」

こんなふうに言われたと思う。そうか、静ちゃんは浩一くんへの願掛けもあったかもしれないけど、ちゃんと部活だってことも意識していたんだな、やっぱり、ちゃんとしているな。そんなふうに思った。ううん、思ってた。前回の手紙を読むまでは。

わたしは静ちゃんがみんなと一緒に笑うことにそんなにも重い気持ちでいたなんてまったく気付かなかった。ごめんね。浩一くんがさりげなくフォローをしていたことにも気付いていなかった。そういうのも浩一くんの繊細さからきているはずなのに、いいところには気付かず、悪いところばかりクローズアップするなんて最低ですね。わたしは静ちゃんの気持ちに気付かないどころか、静ちゃんを傷つけたことが何度もあると思う。

良太の歯に焼きそばパンの青のりが付いていたら笑い、アズのマスカラが目の下でのびていたら笑い、文哉くんのみみずみたいな字を見ては、おかしな読み方ができないかと探して笑ってた。ただ、笑ってた。言えばよかったんだよね。「良太、青のり付いてる」とか。じゃないと、笑われている当人だけじゃなくて、どうして笑っているのかわからない人まで不安になってしまうもんね。

静ちゃんはいつもきちんとしていたから、静ちゃんのことで笑ったことは一度もないけど、でも、静ちゃんを傷つけていたんだよね。本当に、静ちゃんのことで笑ったことは一度もないんだよ。

でも、静ちゃんはあの晩、下山中、後ろにいたわたしたちが静ちゃんのことで笑ってるって思ったんじゃないかな。足をすべらせたことを笑ってるって。だから、静ちゃんは一度も振り返らず、黙ったまま下っていったんじゃないかな。唇をぎゅっと引き締めているのは、悔しさを我慢するためじゃないかな。だって、静ちゃん、あの晩、一本松に着いたあともしゃべらなかったよね。

例えば、静ちゃんが足を止めて振り返ったら、浩一くんは「あずみんの口の中にカナブンが飛び込んできちゃってさ」とフォローをしてくれていたかもしれない。静ちゃんのせいにしちゃダメだとは思うけど。でも、静ちゃんはあそこで自分のことを笑われたってずっと思ってたんだよね。

山道で足場が悪いのはあそこくらい。

あの山道は、階段状に整備されていたのに、台風が来て、水の流れが速い一部分だけ、階段が削れて石がごろごろたまっているんだ。直しても、翌年台風が来るとまた同じようになってしまうから、何年か前から補修をしなくなったんだ。だから、夜間に子どもだけで出歩いて、もし誰かがケガをしていたらどうするんだ。

そう言って、大場先生に怒られたんだったよね。

だから、千秋が事故に遭ったのも、同じ場所だと思う。ねえ、静ちゃん。静ちゃんは三人であの山道を下りながら、高校生のときのことを思い出しませんでしたか。後ろで浩一くんとゲラゲラ笑っていた千秋のことを思い出しませんでしたか。

事故であることを否定してほしいのではありません。あれは本当に事故だったのだ、とわたしに納得させてください。

それでは、また。

悦子

前略　高倉悦子様

手紙読みました。

あの晩みんなが笑っていたのはアズの口の中にカナブンが飛び込んできたからだということを初めて知りました。

わたしが振り向かなかったことが悪いんじゃない。浩一にフォローしてもらわなきゃ気付けないのなら、あとでもいいから自分で聞けばよかったんだよね。アズなんて、よく笑われていたけど、「え？　なになに？」って言いながら、笑われているのは自分なのにおもしろそうに一緒に笑っていたよね。そうすればよかった。

悦ちゃんが想像するようにわたしはあのとき、自分が笑われていると思ってました。でも、笑われている理由は足がすべったからじゃない。いや、すべったことを含めてサンダルを笑われているのだと思ってました。

あの晩、わたし以外のみんなは運動靴を履いていました。服装は長いジーパンに長袖シャツ、または半袖シャツの上に長袖のパーカーといったものだったと思います。夜の山道だから動きやすい格好で来よう、と文哉くんから指示が出ていたはずです。

でも、わたしは半袖のワンピースを着て、上から薄手のカーディガンを羽織っていました。足にはサンダル。なぜわたしがそんな格好をしてきたのかというと、アズにかわいい格好で行こうと言われたから。

部室で打ち合わせをした後、いったん帰宅することになって、わたしはいつも通り、アズと一緒に帰りました。夜出歩くということに二人ともわくわくしてた。

静香は誰とうまくいきますようにって願掛けするの？　今気になる子はいないの？　アズにそんなことを聞かれて、わたしは「ドキュメンタリー番組を撮影しに行くのに、本気で願掛けするはずないでしょ」なんてそっけなく答えた。するとアズは、「そうだよね、今回はわたしたちも写るんだよね」とそっちを気にし始めた。

裏方担当のわたしと脚本担当のアズは、それまでに一度も画面に出たことはなかったから急に緊張し始めた。

この企画も最初は、ちーちゃんが願掛けに行く姿を悦ちゃんがリポートする形式でいこうという話になっていたけど、ドキュメンタリーなのだから、みんなで協力して調べた感を出す方がいいんじゃないかっていうことになって、急遽《きゅうきょ》、女子四人で願掛けをしているところを撮影するってことになったんだよね。この町の女の子なら誰でも知ってる「月姫伝説」、そんな感じで。あとで悦ちゃんのナレーションを入れることにして。

どんな格好で行けばいいんだろう。アズにそう言われるまではわたしは何も考えていなかった。昼間の取材なら制服の方がいいけれど、夜の山での撮影となれば制服はおかしいんじゃないか。体操服にしようか。月姫伝説の撮影が体操服だなんて雰囲気でないよ、って言ったのは確かちーちゃん。文哉くんは動きやすい服装でと言ったけど、ちーちゃんは月姫伝説に合った格好で来るんじゃないか。悦ちゃんもいつもはオシャレに無頓着だけど、撮影のときは髪をきれいにまとめているし、きちんとした格好で来るんじゃないか。

それなのに、わたしたちだけハイキングに行くような格好で行ったら逆に浮いてしまうし、コンクールに応募するとなると、まったく知らない人たちからもバカにされてしまうんじゃないか。

ムキになって話すアズを見ながら、わたしもそれはそうだと思った。それに浩一に私服姿を見られるのにおかしな格好で行ったら、いつもそんな格好をしていると思われる。山道といっても階段になっていると聞いたことがあるし、それなら少しきれいな格好をしていってもいいんじゃないか。

「気合い入れていこうね」

アズとそう言って、夜八時集合だから七時半にうちで待ち合わせということにして、家の前で別れた。時間までわたしはタンスの中の服をひっぱり出しては、これもダメあれもダメと悩み続けてた。初めてのデートに行くようなつもりでいたんだと思う。

浩一はどんなのが好きなんだろう。ちーちゃんがいつも見ている雑誌「プチ・ソレア」に載っているようなオシャレなものかもしれない。夏合宿のときの、ちーちゃんのTシャツもかわいかった。でも、浩一のためにオシャレをしてきたなんて思われたら困るし、やっぱり「月姫伝説」に合ったものを選ぼう。

バカでしょわたし、こんなことをずっと真剣に考えてたの。で、服よりも先に履き物はあれしかないって夏用のサンダルを出してきて、それに合わせて少し肌寒かったけど、半袖ワンピースを着ることにした。

アズが時間にルーズなのはいつものことで、うちに来たのは七時四十五分。アズの姿を見て驚いた。ジーパンに長袖Tシャツ、全然オシャレじゃない。でも、アズも驚いてた。

「静香、そんなカッコで山、大丈夫?」

「だって、アズが気合い入れていこうって」

「うん。でもママに言ったら、危ないからズボンで行きなさいって。だから、こっちに気合い入れてみたんだ」

アズはそう言って、頭を指さした。月姫というよりは七夕の織り姫っていうイメージの、耳の横でおだんごにしたヘアスタイル。イチゴのにおいのジェルでガチガチに固めて、確かに気合いは入ってた。ばっちりお化粧もしていたし。五分待ってと言って、着替えてこようかとも思ったけど、みんなを待たせるのがイヤで、そのまま行くことにした。アズはこんな格好で来たけれど、ちーちゃんは絶対オシャレな格好で来ていると思ったから。

だから、集合場所の一本松に着いたときは愕然《がくぜん》とした。みんなアズみたいな格好で、オシャレな格好をしているのはわたしだけだったから。恥ずかしかった。

でも、みんなはそれどころじゃなかったよね。

ちーちゃんと浩一はパーカーを着ていたけど、その下のTシャツがお揃いだって冷やかされてた。月姫がヤキモチやいて、逆に破局が待ってたりするんじゃないの？　なんて文哉くんがからかって、浩一が怒ってた。

遅くならないうちに登ることになって、帰りと同じ順番で登り始めた。途中一度だけ良太に、「足、大丈夫？」って聞かれたけど、「平気」って答えるともう何も言われなかった。登ってる後ろからずっと、ちーちゃんと浩一が楽しそうにしゃべってる声が聞こえてきて。

「どうしてそれ着てくるのよ。浩一、昨日もそれ着てたじゃない。だからわたし、今日は着てこないだろうなって思ってこれにしたのに」

「俺の家は晩に洗濯すんの。干してあったのを適当に着てきただけじゃん」

そんな会話だったと思う。ケンカ腰な口調なのに楽しそうで、自分がみじめでたまらなかった。こんなものさっさと終わらせて帰りたかった。

願掛けもフリだけしかしていない。浩一がわたしのことを好きになってくれますように、って頼むつもりでいたけれど、そうすると、敗北感で体がズタズタに引き裂かれてしまいそうな気がした。全員願掛けが終わって下山するときは、やっと帰れるってホッとした。おまけに黙って下山しないといけないから、余計な会話が耳に入ってくることもないし。無事終わった、くらいの気分だった。

それなのに――。足元に気をとられながらゆっくり歩いていると、後ろから「星がきれい」って声がした。悦ちゃんの声。サンダルのことだと思った。悦ちゃんは思ったらその場で口に出すし、おまけに主語がないし、でも褒《ほ》めてもらえたんだって思った。そうしたら、ちーちゃんのバカ笑いが聞こえて、浩一もゲラゲラ笑ってるみたいで、わたしは二人にサンダルを、そして、場違いな服装をバカにされてるんだと思った。

振り向いて浩一が笑ってる姿を見ると絶対に涙が出てくると思って、意地でも振り向くか、って思った。とにかく下山したい、帰りたい、ちーちゃんと浩一から遠ざかりたい。それだけだった。なのに本当は、カナブン。アズの頭からは甘いにおいがぷんぷんしていたし、ばっちりと口紅を塗った口の中にカナブンが飛び込んできたら、そりゃおもしろいよね。わたしでも絶対に笑う。想像しただけで笑えるもん。

当然、五年経っても、思い出し笑いしてしまうよね。

ちーちゃんは事故ではありません。でも、すべてを知って、悦ちゃんはどうしたいの？　興味本位で知りたいだけなら、わたしはこの先のことを悦ちゃんには教えません。悦ちゃんはいつも、高校のときから自分一人安全な場所にいて、わたしたちを見ながら楽しんでいたんじゃないの？

悦ちゃんの自己満足のためには教えない。

かしこ
山崎静香

静ちゃんへ

手紙、ありがとう。

静ちゃんとアズのあいだでそんなことがあったとは知りませんでした。でも、あのビデオは結局、静ちゃんだけを取り上げて編集したから、ワンピースもすごくあの内容に合っていて、とてもいい作品になったよね。それで「月姫伝説」や松月神社の歴史やおまつりを調べたものをまとめて、コンクールで初入賞したのだから、結果よければすべてよし、なんてふうには思えないのかな?

こんなふうに手紙でやりとりしてるからだんだん雰囲気が重くなってきて、表現も意味深なものが多くなってるけど、披露宴であのドキュメンタリービデオを流したくらいだから、そんなにシリアスには受け止めてなかったんじゃないかな。

千秋は事故じゃない。そう書いたということは、静ちゃんかアズのどちらかが千秋にケガを負わせたってことだよね。それをわたしの自己満足のためには教えない、なんて何様の立場で言ってるんだろう。もしこれが、興味本位とは思えない人からの手紙だったら、例えば千秋の親とかだったら、静ちゃんはこんな書き方をするの？

わたしは単に静ちゃんは自分に酔いしれているだけだと思う。ただ、わたしの知らないことを自分が知ってるってだけでいい気になってるだけじゃん。本当に教えるつもりがないのなら、事故で通せばいいのに、もったいぶった書き方しちゃって。それって、みんなが笑ってる理由がわからなかった静ちゃんが、今度は立場を逆転させて、わたしは知ってるけどあなたはわからないの？　っていい気分になってるだけだよね。

静ちゃんはバカにされるのがいやだったのではなく（それも静ちゃんの思い込みだけど）、バカにする立場にまわりたかったの？

静ちゃんが事故ではないと書いたのだから、静ちゃんが教えてくれないのなら、わたしは別の方法で真相を突き止めます。アズに聞いてもいい。浩一くんに相談するって方法も考えられます。それよりも、警察に相談に行けばもっといいのかもしれない。でも、わたしはもし仲間内に千秋にケガを負わせた人がいたとしても、警察には訴えたくない。

わたしがどうするか？　だよね。事故でないのなら、わたしは千秋の居所を捜します。そして、危害を加えた当人に居所を教えます。千秋に真実を告げ、謝罪してほしい。それだけです。

もしも、知らないのはわたしだけで千秋は真実を知っていて、危害を加えた当人はすでに謝罪を終え、千秋に許されているのなら、今さらわたしに真実を教えてくれる必要はありません。自己満足のためじゃないもの。行方不明になった友だちを心配するのを自己満足のためって結論づけてしまうほど、わたしたちの関係は希薄だったのかな。

静ちゃんはわたしが千秋と幼なじみで特に仲がよかったから、こうやって何度も手紙を書いて真実を探ろうとしているのだ、と思ってるかもしれない。でも、わたしはもし行方不明になったのが静ちゃんだったとしても同じことをしていた。アズでも、良太でも、文哉くんでも、浩一くんでも。

静ちゃんは浩一くんと結婚できて幸せですか？　何の後ろめたさもありませんか？　自分が浩一くんに愛されていると自信を持って言えますか？　高校時代の部活の友だちなんて卒業したらもう関係ないのかもしれない。でも、そう割り切ってしまうのはもったいないくらい、わたしたちは密度の濃い時間をともに過ごしてきていると思います。

何年経ってもまた会いたい。今度は全員揃って会いたい。そんなことを願っているのはわたしだけなのかな。

静ちゃん、答えを教えてください。

悦子

前略　高倉悦子様

手紙、読みました。

悦ちゃんの指摘する通り、過去のわたしは被害妄想のかたまりだったかもしれない。そう認めることができるのは、今は信頼できる理解者がいるからです。前回、ちーちゃんは事故じゃない、と書いたことによって、悦ちゃんはわたしかアズのどちらかが危害を加えたと思った。アズの名前も出ているけれど、わたしを疑ってるんだと思う。浩一のことを書いてるからすぐにわかりました。

わたしがちーちゃんに危害を加え、浩一の留守電にラジオドラマを編集した別れのメッセージを吹き込んで二人を別れさせ、あとがまに座る。そんな図式ができてるんだと思う。

それが事実なら、わたしは浩一と婚姻届を出しても、不安な毎日を送っていると思う。本当はちーちゃんのことがまだ忘れられないんじゃないか。ちーちゃんならどんなドレスを選んだだろう、朝食は何を作ってあげただろう、毎日どんな服を着るだろう、カーテンは？　食器は？　仕事でミスをしたときはどんな言葉をかけてあげるだろう——。こんなことを考えながら今頃、とっくにおかしくなってるはず。

でも、わたしはちーちゃんが今どこで何をしているのかは気になるけれど、自分とちーちゃんを比べたりはしていません。ちーちゃんとのことは浩一と二人で乗り越えたからです。どういうことかわかる？　悦ちゃんの想像は前半は正しくて、後半は間違ってるからです。

まず、前半の合っている方から。五年前、盆休みに帰省した際、わたしはアズとちーちゃんに連絡を取りました。アズはちーちゃんに連絡したことを驚いてた。わたしが大阪の大学に進学したのは浩一を追いかけてだと思ってたから。ちーちゃんも神戸の専門学校に行って、関西で三角関係のバトルが繰り広げられているように思ってたのかもしれない。でも、そういう規模のところじゃないでしょ。

同じ高校から関西に出た子は全部で二十人くらいだったと思うけど、どこかで偶然ばったり出会った子なんてほとんどいなかった。同じ学校に行った子が一人いたと思うけど、学部が違うと校内で会うことも年に一、二度だったくらい。

ちーちゃんとは携帯電話の番号交換はしていて、関西に来た当初こそ、週に一度くらいの割合で近況報告をしていたけれど、連休明けにはお互い友だちもできて、ほとんど連絡を取らなくなった。

たまに夜中に電話がかかってくることがあって、夜通し話したこともあるけれど、そのときはいつも浩一の愚痴ばかり。ちーちゃんはあの通り華やかだから、コンパなんかに行くといろんな人に誘われたりして楽しんでいるのに、浩一が文句ばかり言うって。一番好きなのは（二番がいるところが、ちーちゃんらしいのだけど）浩一なのに、まったく信頼されてないとか、そんな話ばかり。

ちーちゃんは、結局、自分がもてることをアピールしたいだけ。高校時代からそうだった。誰も何も聞いてないのに、〇〇くんにデートに誘われた、××くんと浮気してるんじゃないかって浩一に疑われてる――。みんなが必死になって作業している横で、何にもせずにそんなことばかり言ってたでしょ。もう、うんざりだった。

高校時代のわたしなら、それなら別れてしまえばいいのに、わたしなら絶対に浩一を不安にさせるようなことはしないのに、ってちーちゃんに反感を抱きながら聞いていたかもしれないけど、町を出たら、そんなふうに狭い人間関係でうじうじ考えるのも面倒で。

かっこいい人、おもしろい人、頼りになる人なんてたくさんいるし。それに、周囲が自分のことをどう見ているか、一人一人を気にするには人数が多すぎると、どうでもいいや、と思えてくるし。だから逆に、新しい場所に出てきてまで、古い関係を気にしなければならないちーちゃんが可哀想だなって、少し同情したりもしていました。

あと、今になって思うのは、田舎では飛び抜けてきれいだったちーちゃんも、都会に出れば普通の人だってことに気付いて、でも、それを自分で認めたくなくて、全盛期を知ってる昔の同級生に必死になって自慢していたんじゃないかな。そういうのって、惨めだよね。

ちーちゃんとはこんな感じ。五年前のお正月にアズと再会した後、ちーちゃんと浩一くんてどうなってるの？　ってメールで聞かれたこともあるけれど、相変わらず仲良さそうだよ、なんて軽く返すこともできたし。でも、これがよくなかったの。

これは、またあとで。パソコン打ちにすると、つい、いらないことまで書いてしまいますね。手紙というよりは、手記、それとも懺悔《ざんげ》なのでしょうか。

悦ちゃんはこのあいだ田舎に帰ったとき、不思議な気持ちになりませんでしたか。外国暮らしの長い悦ちゃんなら、まず日本に帰ったときの気持ちもあるから二段階になるのかな。それとも、悦ちゃんはどこにいても悦ちゃんなのかな。

故郷よりもはるかに人の多い町に出て、わたしは自分が変わったつもりでいました。周りの目なんて気にならない。一番に自分の意見を言うことにも何の抵抗もない。おかげで就職活動もあのご時世にしては順調で大きな会社に入ることができ、そこでも自分の意見はしっかりと述べ、主任と呼んでもらえるくらいになりました。

昔の友だちに会っても余裕を持って接することができる。当然、地元で会ってもそれは同じ――ではありませんでした。

盆休みにアズに会うことになり、わたしは余裕を持ってちーちゃんにも声をかけた。場所はどこがいいかよくわからなかったからアズに聞くと、最近できたオシャレなイタリアンレストランを教えてくれた。ネットで調べてみると、イタリアの有名なレストランで修業をしたシェフがイタリアの片田舎をイメージさせるところをわざわざ探して建てたらしく、外観も内装もとてもオシャレなところだった。

そういうところだったから当然、わたしはオシャレをしていった。他の二人がどんな格好をしてくるかなんて全然関係ないって思ってた。収録の日の晩と違って二人もオシャレをしてきていたから、何の違和感も覚えなかった。

料理もワインもおいしくて、アズは職場の人に失恋した話、ちーちゃんは浩一の愚痴をもらしているのに、わたしは職場で自分の企画が採用された話をして、ものすごく優越感に浸っていた。かなり酔っていたのかもしれない。

今なら、過去も塗り替えられる、そんな気がして、松月山に行こうと二人を誘った。幸せになれますようにって願掛けしよう、って。二人とも大賛成ですぐに話がまとまった。レストランからわりと近かったっていうのもその気になった理由かもしれない。

三人で歩いて一本松まで行って、そこから山道を登り始めた。とりとめのないおしゃべりをしながら。

月姫は十日間通わなきゃいけなかったのに、いつから一回行けば願いが叶うってことになったのかな。何でもかんでも簡略化だけど、こういうのまで簡略化しちゃっていいのかな。お遍路参りもバスでしょ。御利益少なそうだよね。あのときだって、最後まで口きかなかったのは静ちゃんだったのに、最初に口きいた悦ちゃんが一番に結婚したもんね。

最後の台詞はちーちゃんです。その瞬間、胸の奥の方がむずむずしてきました。少しずつ体の中心から何かがはき出されていくような。そして、はき出されたドロッとしたものが体中に充満していくような。ドロッとしたものの正体をひと言で表すのなら「昔のわたし」です。

山頂に着いた頃には、もうわたしはあの頃のわたしでした。ほこらに向かって手を合わせても、浮かんでくる男の人の顔もない、誰にも愛されないわたし。がんばってみんなの仕事をフォローしているのに、まるでわたしがそうしたいかのようにしか扱ってもらえない。それでも「幸せになれますように」とは願ってみた。

わたしの次にほこらの前に座ったアズは目を閉じて手を合わせたまま、五分くらい動かなかった。お腹でも痛くなったのかって心配になったくらい。「あずみん長すぎ、欲張ると幸せになれないぞ」ってちーちゃんが無理やり隣りに座って、アズをどかせたんだけど、あのときのアズ、すごい顔してた。でも、ちーちゃんはお構いなしに、声に出して願掛けをした。

「浩一のお嫁さんになれますように」

それから、わたしを見て「そろそろ下りよっか」ってニッと笑ったの。ちーちゃんは同級生との再会をおもしろがっているだけ、願掛けなんてどうでもいいんだって思った。

下山の順番は、アズ、ちーちゃん、わたし。自然とそうなっただけだけど、あのときもこうすればよかったんだって思った。一番後ろなら笑われずにすんだのにって。アズはものすごく不機嫌そうにずんずん歩いていった。それを追いかけるようにちーちゃんがピンヒールのサンダルでちょこちょこ歩いて、わたしはちーちゃんの背中を見ながら歩いた。

無言だから、頭の中にいろんな映像が浮かんでは消えていった。浩一とおそろいのTシャツを着ていたちーちゃん。何度浮気をしても浩一に愛され続けてるちーちゃん。一番後ろを歩く二人にわたしの姿はどんなふうに映ったのだろう。そんなことを考えている自分が惨めで、あのときの自分が惨めで、涙が出てきそうになった。

そうしたら、ちーちゃんがいきなり振り向いて笑ったの。ちょうど、石がごろごろした地点にさしかかったところだった。思い出し笑いだって思った。一人だけ浮ついた格好で来ていたあのときのわたしを思い出して笑ったんだ、って。

ちーちゃんはすぐに前を向いて歩き出したけど、わたしは悔しくて、悔しくて、悔しくて——足元の大きな石を蹴り落とした。どうにかしてやりたいって思ったわけじゃない。本当に悔しかっただけ。なのに、石はちーちゃんの足にあたって、バランスを崩したちーちゃんは片手を地面についたけど、その石も崩れて、顔から転んでしまった。

痛い、痛い、ってちーちゃんは声をあげて、アズが手を貸してもぜんぜん起き上がれなくて、わたしはどうすればいいのかわからなくて。そうしたら、アズが文哉くんに電話をして、文哉くんが助けにきてくれた。文哉くんがちーちゃんを背負って、アズがちーちゃんの背中を支えて、わたしは後ろからちーちゃんのバッグを持ってついていくことしかできなかった。

わたしのせい、わたしのせい。怖くて声も出なかった。

ちーちゃんを病院に運んで待合室にいると、ちーちゃんのお母さんがやってきた。荷物はアズに渡していたから、アズがお母さんにそれを渡して、松月山でのことを話した。

ちーちゃんが転んでしまって、ってちーちゃんが勝手に転んだような言い方だった。アズにしてみれば、それが事実だったのだと思う。松月山に行こうと言い出したのはわたし、勝手に転んだのはちーちゃん。アズは文哉くんに助けを求め、ちーちゃんをすぐに病院まで運ぶことができた。アズが引け目を感じることは何もない。

その後、何もしていなければ。

ちーちゃんの携帯電話がなくなったことは知ってる？

わたしがちーちゃんのバッグを持って下山していたとき、内側のポケットから携帯電話がのぞいていた。会社の後輩が持っているのと同じ機種だ、と思ったのを憶えてる。文哉くんの車には後部座席にちーちゃんとアズが座って、バッグは助手席に座ったわたしが持っていたけど、病院に着いてからトイレに立ったときにアズに渡してそのまま。

だから、ちーちゃんの携帯電話はアズが持っているはず。アズはその頃、職場の人と別れたばかりで飲んでいるときもかなり荒れていた。アズの知らないあいだに二股をかけられてたらしくて、別れを一方的に告げられたみたい。アズはまだその人のことが好きだったんだと思う。だから松月山のほこらで一生懸命願掛けしていたのに、ちーちゃんに邪魔されて腹が立ったんじゃないかな。

ちーちゃんを病院まで運んだときはそれどころじゃなかったけど、落ち着いて、ふとちーちゃんのバッグを見たら、携帯電話が目に付いたのかもしれない。待合室に座って、山でのことを思い出しているうちに、願掛けを邪魔されたことも思い出して——あんなイタズラをしたのかもしれない。

わたしだってあのラジオドラマの制作には関わったし、完成したものもみんなと一緒に聴いたけど、台詞の一つ一つまでは憶えていない。悦ちゃんに手紙でラジオドラマのことを聞かれて、改めて聴き返して、ああこの台詞のことを言っているんだなって思ったくらい。でも、アズなら憶えていてもおかしくない。脚本を書いたのはアズだもの。それに、ちーちゃんのこともあまり好きじゃなかったかもしれない。

だって、夏合宿でみんなで好きな人を打ち明けたとき、アズは誰に意見を合わせるわけでもなく、最初に「浩一が好き」って言ったじゃない。

ちーちゃんの事故、ううん、事件はあの夏合宿の晩から始まっていたんだと思う。

これで、もういいかしら。

かしこ
山崎静香

静ちゃんへ

事故のこと、教えてくれてありがとう。

多分、これが最後の手紙になると思います。

千秋のケガ、静ちゃんは事件だと最後に書いていたけれど、わたしはやっぱり事故だったと思います。静ちゃんが石を蹴らなくても、千秋は転んでいたかもしれない。山道は真っ暗だったんでしょう？　前方を歩く千秋に腹を立てていて、転ばせようと足元を狙って石を蹴るのはとても難しいことだと思います。ましてや、わたしが転べと思ったから転んだのだ、なんて思うことは驕《おご》りだと思います。

人間は——大袈裟だな、わたしたちはそんなに万能じゃないはずだから。

千秋はもしかすると、事故を事故とも思わず、どこかで楽しく過ごしているかもしれない。それが一番、千秋っぽいでしょ。

最後に一つだけ、聞いてもいいですか？

静ちゃんと浩一は、今、幸せですか？

悦子

前略　高倉悦子様

悦ちゃんに事故だと言ってもらえて、ホッとしています。

浩一はちーちゃんに一方的に別れを告げられて、本当に落ち込んでいました。会ってもらえないとしても、一度病院まで行ってみたら？　と言ったこともあるのですが、そうすれば本当に嫌われてしまう、と言って何もしませんでした。悦ちゃんから見れば、浩一は結局、ちーちゃんのために何もしてあげなかったように思えるかもしれないけれど、浩一はちーちゃんのために何もしないことを選んだのです。

何もしない、って一番大変なことなんだよ。わたしは何度か花や小物を贈ったけれど、それは自分の気休めのためだったと思う。悪かったと思っている、反省している、何かを贈るごとにちーちゃんに謝罪しているつもりでいました。

繊細な浩一はちーちゃんと別れたショックで仕事にも集中できず、会社でたびたびミスをするようになり、部署を変えられるということもありました。浩一よりも素敵な人はたくさんいる、と彼への思いを断ち切っていたけれど、彼が素敵じゃなくなるのはもっと辛かった。わたしがもとの浩一に戻してあげたいって思った。彼の涙を何度も何度も受け止めた。

それから五年。結婚式のときの浩一は素敵だったでしょ？

最後に、もしちーちゃんの居場所がわかって、わたしに何かできることがあったら教えてください。

悦ちゃんも、どうかお元気で。

かしこ
山崎静香

*

悦ちゃんへ

お久しぶりですね、お元気ですか？　こちらは夏真っ盛りです。

悦ちゃんがいるのは南半球だから、季節は冬になるのかな？　それとも、アフリカは年中こっちよりも暑いのかな？　悦ちゃんに静ちゃんの結婚式の報告をしなければ、と思いつつ、何から書けばいいのか迷っています。でも、まずは結婚式の報告から。

悦ちゃんに届いた招待状で参加した、静ちゃんと浩一の結婚式は——わたしたちが計画していたものとはぜんぜん違う結果になりました。

貧乏劇団員のわたしは郵便物の転送係として、去年から悦ちゃんの一時帰国用マンションに住ませてもらってるけど、まさか、あの二人から結婚式の招待状が届くなんて、思ってもみなかった。びっくりして、初の国際電話をかけちゃったくらい。

悦ちゃんは旦那さんの仕事の都合で一時帰国できないって残念がってたし、わたしも興味があった。だから、代わりに出席して報告しようか、と言ったのはわたしだったけど、わたしのフリをしてみんなを驚かせてよ、と言ったのは悦ちゃんだったよね。

最後までバレなかったら千秋は名女優だよ、って悦ちゃんは笑ってたけど、わたしはすぐにバレるって思ってた。それなのに——。

式当日、会場の「ホテル松月」に行くと、みんなわたしのことを「悦ちゃん」と呼びました。背格好は似ていても、顔も声も違うでしょう？　悦ちゃんっぽく振る舞ってみたものの、みんなこんなにも記憶が曖昧になるものだろうか、もしかして、わたしの方がみんなからドッキリ作戦を仕掛けられているのかもしれないって、疑ってしまったくらい。

顔の傷跡を消すついでに、目や鼻筋も少しいじってもらったから、昔の顔とかなり変わってしまったかもしれないけど、悦ちゃんの顔とは少し違うと思うんだけどな。悦ちゃんは大きな眼鏡とボサボサ髪のイメージが強かったみたいだから、すっかりきれいにあか抜けたと思ったのかな。

さすが奥様、とか言ってたから、悦ちゃんが少し顔をいじったとみんな思ってるかもしれない。失礼な話だよね。わたしもか、ごめん。

浩一がこちらをちらちらと見ていたのは気になったけど、招待客が多くて、静ちゃんと浩一の近くに行くことはできなかったので、疑いはしても、気付くことはなかったんじゃないかと思う。

スピーチが長くて出し物の多い（親戚のおばさんの踊りとか！）披露宴だったので、みんなであまり込み入った会話をすることなく、わたしは「悦ちゃん」のまま時間が過ぎていきました。

悦ちゃんに送るための写真を撮っていたんだけど、テーブルの端にカメラを置いていたら、隣りの席の良太くんに「悦子、そんなの使えるようになったんだ」って言われて。

モデル時代にプロモーション用に自分で撮ったりしていたカメラだったから、使い勝手もいいし、何も考えずに持ってきたけど、そういえば悦ちゃんは機械オンチだったな、と思い出しました。せっかくインタビューに行って収録してきたのに、再生ボタンを押し間違えて、消しちゃったこともあったよね。

ここでカミングアウトしてもいいかな、って思ったけど、せっかくだからわたしも写真に入りたいし、夫に借りてきたけど使いこなせないということにして、良太くんにカメラを預けることにしました。だから、同封の写真、わりとわたしも写ってるでしょ？　悦ちゃんと直接会ったのは、顔にケガをする前が最後だけど、どう？　悦ちゃんに似てる？

途中、式の後半にさしかかった頃かな、フィルムが終わって、良太くんがフロントに預けた荷物の中に予備のフィルムを入れているからって、会場をいったん二人で出て、ロビーでフィルムを入れ替えていると、びっくりすることを言われました。

「ちーちゃん、顔にケガをして、精神的にちょっと弱ってしまって、行方不明になってるって知ってた？　幼なじみの悦子なら何か知ってるかなって思ったんだけど。松月山で首をつったとか、自殺説もあるみたいだから、気になってさ」

誰のこと？　ってキョトンとしてしまったと思う。良太くんも文哉くんに聞いたらしいから、あまり詳しいことは知らないようだった。でも、良太くんはわたしのことよりも悦ちゃんのことが気になっていたんだと思う。きれいになったね、驚いたよ、とか言ってたし、二人で話す口実がほしかったんじゃないかな。このあとどうするの？　なんて聞かれたけど、わたしはそれどころじゃなかった。

確かに、顔のケガと親の転勤が重なって、モデルクラブを辞めてそっちについていったし、浩一に居場所を知られたくなくて、しばらく悦ちゃん以外のみんなとも連絡を取らないことにしたけど、まさかそんな扱いをされているなんて！

静ちゃんと浩一が結婚したことにはあまり驚かなかったけど、わたしがケガをしてからの五年間、どんなことがあったんだろう。連絡がつかなくなっただけで、行方不明？　精神的に弱ってる？　自殺？　それも、松月山で首つりだなんて、あの日の出来事をみんなどんなふうにとらえてるんだろう。だんだん気になって、式どころではなくなりました。

披露宴のあと、放送部の四人で飲みに行こう、と文哉くんが提案したけれど、実家があの町にないわたしは時間の余裕がなく、断ってすぐに新幹線に乗りました。でも、その判断は正しかったと思う。さすがに、二次会に出るとバレるでしょ。

わたしがみんなの中ではどんなことになっているのか、真相を探るため、帰って早速、あずみんに連絡を取ってみることにしました。さすがに、新婚の静ちゃんには聞けないでしょ。最後まで悦ちゃんとして式に参加したのに、いきなりわたしから連絡がいったら不審に思われるかもしれない。それに、本当のことを打ち明けてくれないかもしれない。そう思って、もうしばらく悦ちゃんのフリをさせてもらうことにしました。

あずみんにはメールアドレスも教えてもらってたから、最初はメールにしようかと思ったけど、わたしのアドレスには、ＰＣの方もケータイもしっかりわたしの名前と生年月日が入ってるから、これは使えないなと手紙を書くことにしました。

ちょっとでも疑われないように、努力したよ。

あずみんが北海道のお土産に、悦ちゃんには有名な工房のラベンダー模様のレターセットをあげてたなって、ネットで取り寄せたり。あのときわたしはハンカチをもらったでしょ。レターセットの方がよかったなって、工房を検索したことがあったんだ。

奥様っぽい雰囲気を出すために、手紙の書き方の本を買ってきて、それっぽい文章で書いてみたり。拝啓には堅苦しい挨拶が付いていて、前略には付いてないのね。前略は目上の人には使わない方がいい、ということは友だちには前略がいいのね、とか研究したの。他にも、悦ちゃんはあずみんのことアズって呼んでたなとか。懐かしい話で盛り上がるために、カナブンのエピソードを書いてみたりとか。

でも、これらがダメだったみたい。悦ちゃんじゃないって疑われて。手書きの手紙なんか送ったものだから、きっとあずみんの物語スイッチが入ってしまって、どんどん大袈裟に考えていったんだろうね。

ラジオドラマの最後の台詞は何？　とか。わたしがラジオドラマの収録のとき、悦ちゃんに「何でそんな台詞で締めくくんのよ」って抗議したら、「最初の候補はね……」って悦ちゃんが教えてくれたでしょ。あのときの会話、頭をフル回転して思い出したり。

悦ちゃんはどうしてあずみんからアズに変わったんだっけ、とか。

カナブンのエピソードなんて、みんな知ってたんじゃないの？　とか。

あずみんの結婚（文哉くんの職場の先輩とするんだって！）の話なんて、みんなの前でもしてたっけ？　わたしが行方不明のことで頭がいっぱいになってたとき？　とか。

どうにか取り繕いながら文通を続けていくと、わたしの顔のケガ、そしてその後のことについて、予想外のことばかりが飛び出してきました。こんなことしなければよかったって、後悔したくらい。

あずみんの手紙には後半、文哉くんの仮説ってのが出てくるんだけど、「仮説」って大変なものだと思う。頭のいい人が「こうだったんじゃないか」と仮説を立てて、「それもあり得る」となったら、仮説は事実になってしまうことをわたしは初めて知った。もし今回、手紙を書いていたのが本当に悦ちゃんだったとしたら、悦ちゃんも文哉くんの仮説を信じていたと思う。

仮説では、静ちゃんが疑われていて、わたしは静ちゃんにも手紙を書きました。浩一とのことにふれることになるので、かなり抵抗はあったんだけど。

静ちゃんに手紙を書く際、わたしも仮説をあげながら、静ちゃんに質問をしていきました。文哉くんの仮説によって、あずみんの本音が出たように、静ちゃんの本音を引き出すには、何かしらの仮説が必要だと思ったからです。事実を知っているから、仮説を立てるのは難しかったけど、悦ちゃんならこんなことを思わないかな？　と手紙を書いているあいだ、悦ちゃんになりきって書きました。

静ちゃんは、わたしが転んだのは静ちゃんのせい、留守電を吹き込んだのはあずみんだと思っています。でも事実は違う。

わたしはピンヒールで暗い山道を歩いて、自分で勝手に転んだのだし、顔にケガをしたのはショックだったけど、おかしくなってしまうほどじゃなかった。わりと冷静に先のことを考えられたし、だからこそ、これを利用しようと、浩一の留守電に別れのメッセージを吹き込んだのに。

メッセージを吹き込んだのはわたしです。ラジオドラマの台詞なんて、ぜんぜん意識していなかった。ドラマっぽいような言い方をしたかもしれないけど、別れたくて必死だっただけ。それに留守電のメッセージも、みんな、浩一からの又聞きなんでしょ？　ラジオドラマの台詞を一字一句憶えている彼は、本当に正しいメッセージをみんなに伝えたのかな。

でも、わたしにも責任はある。ケータイがなくなったって勘違いしたから。ママがきちんとバッグを置かなかったからだろうけど、うちの車の中、それも助手席のシートの下に落ちていました。

ケガのことも、浩一と別れたことも、悦ちゃんにはずっとメールを送ってたから知ってるよね。だから、悦ちゃんも二人の手紙を読むとびっくりすると思う。でも、ショックだったのは、ケガのことやその後のことをみんながどんなふうに考えてたかってことでもないんだよね。

わたしは高校時代、放送部に入って本当によかったと思ってた。楽しかったことはいろいろあるけど、一生ものって信じられる友だちができたことが一番嬉しかった。でも、青春時代なんてそんなきれいなもんじゃなかったんだよね。わたしにだって不満はあったもん。

今回の手紙、わたしが書いたのはコピーをとってあるし、悦ちゃんに全部送ってもいいかなって思うけど、わたしが思う悦ちゃん像ってのがかなり入ってるから、悦ちゃんもなんだか複雑な気分になるんじゃないかと思ってためらってます。悦ちゃんと良太くんのエピソードとか、旦那さんのおのろけとかも、静ちゃんを信用させるために勝手に書いちゃったし。

でも、仮説で事実を知ったり、思い出が変わることだってあるんだよね。いっそ、文集みたいにして放送部全員に配ることにしようか。

みんなは困るだろうな。でも、あのときのわたしの気持ちを知ってもらえるいいチャンスかもしれない。

わたしはかなり早い段階で、浩一と合わないことに気付いてた。別れ話を切り出したことも何度かあるけど、彼は納得してくれなくて。別の相手を見つけたら納得してくれるかと思って、二股をかけたりしたけど、それでもダメ。そうこうするうちに、浩一は放送部のみんなを自分の味方につけようと思ったんだろうね。

なんかおかしなラジオドラマが作られた。

わたしは普通に「月姫伝説」の話だと思ってたのに、ところどころ本当にあった浩一とのエピソードがあってびっくりした。お城の外堀を埋められた気分。これはもう、高校生のうちに別れるのは無理だなって開き直ったりして、わざと見せつけるような態度をとったりもしていたんだけど
——あれはホントに迷惑でした。

知ってた？　「月姫伝説」って声に出して願掛けすると、絶対に叶わないんだって。わたしが静ちゃんと一緒に取材したおばあさんがそう言ってた。機械オンチの悦ちゃんが消しちゃったんだけどね。

ことの発端はすべてあの田舎町の「月姫伝説」だったんじゃないかな。ということで、文集のタイトル決定です。

「月姫伝説・終章」——楽しい青春時代でしたね。

千秋より

二十年後の宿題

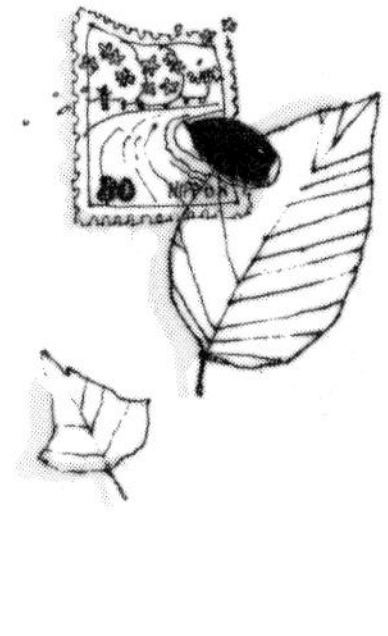

0

大場くんへ

先日はきれいなお花をありがとう。三十八年間の小学校教員生活の中で、受け持った児童の数は千人以上になりますが、卒業してからも毎年年賀状をくれ、退職祝いまで贈ってくれたのは、大場くんくらいです。

わたしが受け持ったのは、大場くんがN＊＊市立T小学校五年生のときですね。大場くんは勉強もよくでき、二学期の学級委員長に選ばれるくらいみんなからの信頼も厚く、文句のつけどころのない子でした。

八年前にいただいた年賀状で、高校の教員採用試験に受かったと聞いたときも、大場くんならきっと、生徒の気持ちを理解できる、いい先生になれるだろうと思いましたし、その後いただいたお便りからも、順調な様子が窺えたので、大変嬉しく思いましたよ。

東京の大学に進学した後、地元に戻って就職したのも、すばらしいことだと思います。大場くんを育ててくれた町で、今度は、大場くんが未来ある子どもたちを育てていくのですから。わたしもそういった思いを抱き、教員として地元に戻ってきたときのことを、昨日のことのように思い出します。

しかし、今年三月に定年退職をし、昔の教え子からお祝いまでいただくと、果たして自分は教員としての仕事をまっとうできたのだろうかと、改めて考えてしまいました。悔いがないと言いきれるのだろうか。

そうすると、六人、どうしても気になる子どもたちが出てきました。あの子たちは今、どんな人生を送っているのだろうか。それを確認してから、教員生活に終止符を打とうと決意しました。そんな矢先、在職中からの持病が悪化してしまったのです。

長期入院が必要となり、わたしには子どもがいないため、関西に住む兄の娘夫婦に入院中の世話をしてもらうことになり、大阪の病院に入院することになりました。

この手紙の消印が大阪になっているのはそのせいです。

六人の子どもたちのことを調べるのは、退院してからと思っていたのですが、いつ頃になるのか今のところ目処《めど》が立っていません。そこで、大場くんにお願いすることはできないかと、この手紙を書かせてもらうことにしました。

大場くん、六人に会い、それぞれの今の様子を教えてもらえないでしょうか？

こうして大場くんに書いているように、わたしが直接、六人に手紙を書けばいいのかもしれません。ただ、そうするのが怖いのです。彼らがみな、幸せな生活を送っているとわかっていれば、何のためらいもありませんが、そうでない場合を考えると、いったいどう書けばいいのかわからないのです。

また、何をもって幸せとするのか、わたしの年代と彼らの年代では大きく違うのではないかとも思うのです。その点、六人は大場くんと同じ年ですので、直接、幸せかどうか訊《たず》ねなくても（そんなこと唐突に訊くと不審に思われるでしょうから）、大場くんの感覚で彼らがどのように見えたかを教えてほしいのです。

もうすぐ夏休み、とはいえ教員は通常通り出勤しなければならないことはわかっています。クラブ活動を受け持っていると、休み中の方が忙しいかもしれません。ですので、引き受けることが難しかったり、気乗りしなければ、遠慮なく断ってください。

もちろん、交通費や食事代などはこちらで払わせてもらいます。

以下に、姪の自宅住所を書きますので、そちらにご連絡ください。

お返事、お待ちしています。

竹沢真智子より

竹沢先生、お手紙拝見しました。おかげんはいかがですか？

入院と伺い、驚いています。在職中のお疲れがどっと出てしまったのでしょうか。無理をなさらず、ゆっくりと療養してください。

先生からのご依頼、お引き受けしたいと思います。僕の教員生活はまだ八年目ですが、将来が気になる生徒はすでに何人かいます。在学中は何事もなくても、卒業後に事故に遭った、仕事を辞めた、などと報告を受けたり、噂を耳にしたりしてから、心配になることもあります。ですので、先生のお気持ちは、他人事《ひとごと》のように思えません。

また、先生の教員生活の集大成を僕がお手伝いできるのでしたら、こんなに光栄なことはありません。幸い、部活動は放送部を受け持っているので、運動部ほど大変ではありませんし、今年は二年生の担任をしているので、進路のことなどで時間を割《さ》かれることもありません。ですから、どうぞお気遣いなく、僕にお申し付けください。

あと、お金もいりません。教師は副業をしてはいけませんので！

それでは、ご指示いただくのをお待ちしております。

学生時代の友人が大阪に住んでいるので、盆休みに会いに行こうかと思います。そのときは、先生のお見舞いにぜひ伺わせてください。

大場敦史拝

竹沢真智子様

大場くんへ

無謀なお願いを引き受けてくれて、本当にありがとう。心より感謝しています。

六人の名前と住所と電話番号を書いたもの、それから、六人それぞれに宛てた封筒を同封させていただきます。住所と電話番号は二十年前のものなので、連絡のつかない人もいるかもしれません。連絡がついても、遠方に住んでいるということもあるはずです。そういった場合は、会える人だけで構わないので、無理をしないでくださいね。

大阪に来られた際には、ぜひお顔を見せてください。わたしはすっかりおばあちゃんになってしまったけれど、大場くんはハンサムになっているのでしょうね。楽しみです。

それでは、どうぞよろしくお願いします。

竹沢真智子より

1

竹沢先生、こんにちは。おかげんはいかがですか?

ご依頼の件、早速、夏休みに入った先週末、河合真穂《かわいまほ》さんにお会いしてきました。真穂さんは三年前に結婚して、黒田という姓になっており、お隣りのK＊＊市に住んでいます。

先生からお預かりした住所録にあった電話番号にかけると、真穂さんのお母さんが出られました。こういったご時世なので、聞き慣れない僕の名前に最初は何かの勧誘と間違えられたのか、訝《いぶか》しむ様子で用件を訊かれたのですが、僕が竹沢先生の教え子であり、N＊＊市の公立高校の教員をしていること、先生が今年定年退職されたこと、現在大阪の病院に入院されていること、そして、かつての教え子である真穂さんが元気にしているか気にされていることを伝えると、すぐに、真穂さんの自宅の電話番号を教えてくれました。

その番号にかけると、真穂さんが出られました。お母さんにお伝えしたのと同じことを繰り返し、先生からお預かりしているものがあるので、できれば直接お会いしたいとお願いすると、快く応じてくれ、早速、時間を都合してくれました。

真穂さんの家の近くにある落ち着いた喫茶店で、午後一時に待ち合わせをし、一時間ばかり話をしました。

以下、そのときの様子をできるだけ正確に書いていきたいと思います。

まず、お互いに改めて自己紹介をしました。僕が勤務している高校は真穂さんのご主人の母校らしく、初めからとてもなごやかに会話がはずみました。

――竹沢先生の教え子ということは、わたしと同じS小学校に通われていたんですか？

――いいえ、T小学校です。

――じゃあ、先生がS小の次に赴任されたところですね。

――真穂さんがS小四年生のときの担任だった竹沢先生は翌年T小に転任され、僕がいた五年三組の担任になられました。だから、僕と真穂さんは同い年なんですよ。

そう言うと、真穂さんはとても驚きました。きっと、僕の老け顔のせいで、かなり年上だと思われていたのでしょう。

――じゃあ、大場さんは、先生にとって、あの事故が起こった次の年の教え子ということになるのね。先生、どんな様子でした？

――明るくて、元気で、おもしろくて、でも怒るとメチャクチャ怖くて、イジメ問題もみんなで話し合って解決してくれて……、理想の先生でした。僕が教員になろうと思ったのは、先生みたいになりたかったからです。でも、全教科をオールマイティにこなせる自信がなかったから、高校の社会科を選んだんですけどね。……ところで、事故って。

言葉が出たときから気になっていました。訊いていいものかとためらいはあったのですが、訊かずにはいられませんでした。「あの事故」というからには、学校内の小さな出来事ではないはずです。

――その件で来られたんじゃないの？

真穂さんはしまったという顔をしていました。僕が事故のことを知っていると思われていたようです。少し迷っているようでしたが、「先生も無事、退職されたあとなので」と事故について話してくれました。事故について先生に説明する必要はないと思うのですが、真穂さんの記憶違いがあると困るので、真穂さんの言葉通りにここに書くことにします。

——小四の二学期、十月の体育の日のことです。

図工の時間に落ち葉を使った工作をするということで、クラスから六人、先生と一緒に赤松山に落ち葉拾いに行くことになりました。男子三人、女子三人です。

誰が行くのかは、確か先生が休み時間に適当に声をかけていたと思います。体育の日なので、スポーツクラブに入っている子は試合があって無理ですし、家族で行楽に出かける予定がある子もたくさんいました。わたしが行くことになったのは、そのどちらにも当てはまらなかったのと、家が学校に近かったからだと思います。集合は午前十時に小学校だったので。

今の子どもなら、せっかくの祝日になんで先生の手伝いなんかしなきゃいけないの？　って思うかもしれないけど、わたしは楽しみにしていました。赤松山は自動車で行くと学校から二十分くらいで着くけれど、あの頃は休日に出かけることなんてなかったので、車っていうだけで、ものすごく遠くの行楽地を訪れるような感覚でした。

しかも、当日は先生のだんなさんが小型のバンを出してくれて、ちょっとした遠足気分で赤松山に向かいました。車の中で歌をうたったり、しりとりをしていましたもん。

赤松ダム公園の駐車場に着くと、先生に一人一枚ずつ大型のポリ袋を持たされて、赤松山登山道を三百メートルほど入っていきました。学年全員分のを拾うと聞いていたから、一日作業かと思っていたけど、赤や黄色に色づいた葉っぱやどんぐりの実を袋いっぱいに集める作業は一時間もかかりませんでした。

登山道は赤松山の頂上まで続いているから、せっかくだから登りたい、って子どもたちは訴えたんですけど、先生に、みんなを連れて山に登るには学校に届けを出さなければならないから今日は無理ね、って言われてあきらめました。

その代わり、お弁当を持ってきたからダム公園で食べて遊んで帰ろう、って言われて、みんな大喜びしました。来てよかったって心から思いました。

お弁当はすばらしかった。おいしいとか、豪華とか、かわいいとか、そういうのを全部ひっくるめて、とにかくすごかった。おにぎりだけでも六種類あったし、おかずも全部思い出しきれないくらいたくさんありました。先生は料理も上手なんだ、って感心したんだけど、実は全部だんなさんが作っていたんです。

「先生のうちは、先生が外で仕事をして、だんなさんがうちで仕事をしているの。毎日おいしいごはんが食べられて、とっても幸せ」

いつもの開けっぴろげな調子でそう言う先生が、なんだかとてもステキに見えました。わたしはその頃、学校の先生になりたいと思っていたから、先生みたいに料理上手な男の人と結婚したいなあ、って思いました。だんなさんはとても優しい人で、みんなが遠慮せずに食べられるように、紙皿におにぎりとおかずを取り分けてくれました。それも、一人ずつ、「どのおにぎりがいい？　食べられないものはあるかい？」って訊いてくれるの。「一番おいしいのがいい！」って言うと、「じゃあ、これかな？」ってだんなさんの手作りの蕗《ふき》味噌が入った焼きおにぎりを入れてくれました。

わたしたちはだんなさんともすぐに打ち解けて、学校での話をしました。先生はどざえもんのマネとドッジボールが上手いとか、みんなが好き勝手にしゃべるのを、先生は少し注意したけれど、だんなさんはニコニコ笑いながら聞いてくれました。

お弁当を食べ終わると、先生が持ってきていたバドミントンで遊ぶことになりました。でも、ラケットは四本で、全員で一度にできないし、あまり興味のない子もいました。

ダム公園から赤松川に下りることができるんですけど、そこを散策したいという意見が男子から出ました。だんなさんは生き物について詳しいらしく、半々に分かれることになりました。わたしは先生と一緒にバドミントンをする方を選びました。わたしの家は赤松川下流のすぐ近くにあったので、ここまで来て川遊びをするのはもったいないと思ったんです。結局、女子が先生と一緒にバドミントン、男子がだんなさんと一緒に川遊びをすることになりました。

四人でダブルスをしたので、見学する間もなく、夢中になって遊んでいました。

そこに、武之《たけゆき》くんが走ってきました。息をぜいぜい言わせながら、ただ事ではないといった様子で、叫ぶように言いました。

「先生、大変だ！　よっくんとだんなさんが川に落ちた！」

先生の顔色がさっと変わったのを憶えています。先生はラケットをほうり出して川に向かって駆け出し、わたしたちもあとに続きましたが、先生はふと足を止めて振り返ると、わたしに救急車を呼ぶように言いました。多分、あのときいた子の中で、わたしが一番しっかりしていたからだと思います。わたしが「はい」って返事をすると、先生は全速力で川に向かっていきました。

勢いよく返事をしたものの、わたしはすぐに行動に移すことができませんでした。二十年前なんてまだ携帯電話もありませんし、財布も持っていませんでした。公衆電話には緊急用の赤いボタンがついているけれど、当時のわたしはそういうのがあることも知らなかった。

幸い、公園には何組かピクニックに来ている家族連れがあって、一番近くにいた家族の父親らしき人に事情を話すと、「それは大変だ」って公園入口にある公衆電話まで一緒に行って、一一九番通報をしてくれました。

実は、そのときはまだ、そんなに大変なことが起きたっていう自覚はなかったんです。川に落ちたくらいで救急車を呼ぶなんて、大袈裟だなって思ってたくらいです。それは、わたしが普段下流しか見ていなかったから。浅く緩やかな流れの川に裸足で入って、魚を掬《すく》ったり、石を投げてよく遊んでいたけれど、危ない目に遭ったことなんて一度もなかったもの。その印象が強かったせいだと思います。

でも、最悪なことが起こってしまった。

わたしは救急車が来るのを公衆電話の前で待っていました。到着した救急隊員の人たちに説明して、わたしもついていこうとしたけれど、危ないからここで待っているようにと言われて、結局、事故現場には行っていないんです。

良隆《よしたか》くんとだんなさんが担架で運ばれてきて、先生も救急車に乗って病院に行きました。先生は二人を助けるために川に入ったのか、ずぶぬれになっていたし、ケガをしたのか、足から血を流していました。でも、自分のことなんか構わずに「まさきさん、まさきさん」ってだんなさんの名前を呼び続けていました。

わたしたち子どもは沙織ちゃんの親に迎えにきてもらって、家に帰りました。

良隆くんが一命を取り留めて、だんなさんが亡くなったと知ったのは、その日の夜遅くです。連絡網がまわってきたようです。クラス全員にか、その日参加していた子の家だけかはわかりません。

「先生にはお気の毒だけど、亡くなったのがだんなさんの方だったのは、まだよかったのかもしれないわね」

母親は電話の相手にそんなことを言っていました。わたしにはその意味がよくわかりませんでした。良隆くんが助かってよかったとは思いました。でも、あの優しいだんなさんが死ぬことの何が「よかった」のか。

そんな大変なことが起こったにもかかわらず、先生は一週間で学校に戻ってきました。授業も合唱コンクールの練習も、すべて何事もなかったように行われたけれど、あの日以来、先生の笑顔を見ることはありませんでした。

翌年の春、転任されて、竹沢先生とはそれ以来です。

数えきれないくらいの教え子がいるはずなのに、先生がなぜ僕に頼まれたのか、ようやくわかりました。僕が今、先生と同じ道を進んでいるからですね。そして、真穂さんを含めて、六人とは、事故が起きた日に一緒に出かけていた子どもたちなのですね。六人の子どもたちが事故で負った心の傷を、その後の人生に引きずっていないかと、気になられているんじゃないでしょうか。真穂さんは最初から、僕がそれを確認するために来たと思っていたようです。

真穂さんから「先生にお伝えください」と言われたことがあります。

——竹沢先生がわたしたち六人のことをずっと気にかけてくださっていたことを知って、大変嬉しく思うのと同時に、申し訳なくも思います。

わたしは成長するにつれ、事故のことは忘れていきました。事故以来、川遊びをすることはなくなったけれど、特に水辺が怖いということはありません。教師になりたいっていう夢は、わたしの勉強不足で叶わなかったけれど、料理の得意な男の人と結婚するっていう夢は叶いました。

以前、主人が作ってくれたおにぎりを持って、二人でピクニックに行ったとき、あの日のことを思い出しました。悲しい出来事ではありません。先生のだんなさんが作ったおにぎりがとてもおいしかったということです。蕗味噌入りの焼きおにぎりの味を、今でも忘れることができません。おにぎりを食べながら、事故のことを主人に話すと、涙が止まらなくなりました。

結婚して初めて、あのときの先生の気持ちが理解できたような気がします。だんなさんを亡くされて、どんなに辛い思いをされたことか。「よかった」なんて、他人が決して口にしてはいけない言葉だったのですね。今さら母親を責めることはできませんが、どうかお許しください。

先生、長いあいだ本当にお疲れ様でした。

その後、真穂さんに先生からお預かりした封筒を渡しました。真穂さんはその場で開封して、僕にも見せてくれました。「わたしは竹沢先生のような先生になりたいです」という文章の下に、先生の似顔絵が大きく描いてありました。僕は最初に真穂さんに先生はどうだったかと訊かれたとき、明るくて、と答えましたが、デフォルメは入っているにしろ、あんなにも大きな口を開けて、楽しそうに笑う先生の顔は見たことなかったような気がします。

真穂さんは先生によろしくお伝えくださいと言って帰っていきました。

本来なら、手紙はここで終わらなければならないのでしょうが、僕は真穂さんに会ったあと、図書館に行き、事故について調べました。とはいえ、当時の新聞の地方欄に掲載されていた小さな記事を読んだだけです。

そこには、川に落ちて流された良隆くんを助けるために、ご主人が川に飛び込んで一緒に流され、次に飛び込んだ先生は良隆くんを先に救助して、良隆くんは一命を取り留めたが、ご主人は亡くなった、と書いてありました。

竹沢先生、僕は真穂さんのお母さんの言っていた「よかった」の意味が、正しいかどうかは別にして、理解できないわけではありません。一番「よかった」のは二人とも助かることですが、どちらか一人しか助からなかったのだとしたら、教師として、子どもが助かって「よかった」と思います。

もしも、亡くなられたのが良隆くんの方だったとしたら、先生は世間から酷《ひど》いバッシングを受け、教員の仕事も辞めなければならなかったかもしれません。

でも、「よかった」のはあくまで教師としてはです。

僕には彼女がいます。県立病院で看護師をしています。地元の友人の紹介でつきあい始めてまだ半年ですが、結婚も考えています。

例えば、僕は今、放送部の顧問をしていますが、その子たちと彼女を連れて川遊びに行き、生徒と彼女が同時に溺れたら、果たして迷わず生徒の方を助けられるだろうかと悩みます。それを考えるだけで、先生のご決断には頭の下がる思いでいっぱいです。

先生のような教師に僕はなれるだろうか。

その答えを探すためにも、僕はあと五人、責任を持って会いに行きたいと思います。

それでは、このあたりで失礼いたします。

大場敦史拝

竹沢真智子様

大場くんへ

お手紙をありがとう。真穂さんに会ってくれたのですね。

明るくてハキハキとしゃべっていた真穂さんの姿が目に浮かぶようです。彼女が結婚して、幸せな家庭を築いていることを知り、心から嬉しく思いました。

事故のことを黙っていてごめんなさい。先に書いておこうかと思ったのですが、六人が事故のことをどう思っているかではなく、今どのように過ごしているのかを知りたかったので、大場くんに先入観を持たれないように、あえて書きませんでした。

次に会う人にも、大場くんの方からは事故について触れずにいてもらってもいいですか？

それから、真穂さんのお母さんの言葉を何度も消した痕がありましたが、この先、もしもわたしのことを悪く言う人がいても、お気遣いなく、そのまま教えてください。真穂さんは直接事故現場まで行っていないので、比較的、衝撃も軽く、わたしのことを好意的に捉えてくれているのだと思います。

でも、本当にありがとう。

主人の作った蕗味噌入り焼きおにぎりの味を、わたし以外にも憶えてくれている人がいたことがなによりも嬉しかった。

それでは、またよろしくお願いします。

くれぐれも、無理をなさらないでね。

竹沢真智子より

2

竹沢先生、おかげんはいかがですか？　こちらは昨日、例年より遅い梅雨明けが宣言され、本格的な夏が始まりました。先日、社会科の全国教科会議が東京で開かれ、会場になった大学が僕の母校だったことから、学校代表で参加してきました。

そのときに、津田武之さんにお会いしました。津田さんはN証券の東京本社に勤務しています。東京には僕も四年間住んでいたはずなのに、最上階まで見上げるとひっくり返ってしまいそうな高いビルに驚いてしまいました。僕の感覚はすっかり田舎仕様になっているのでしょう。

津田さんのご実家は数年前に市内の別の町に移られていて、先生からの住所録では連絡が取れなかったのですが、真穂さんに教えてもらうことができました。真穂さんと津田さん、そして、このあとお会いする予定の根元《ねもと》沙織《さおり》さんは、高校まで一緒で、昨年同窓会があり、名簿が新しく作り直されたそうです。

メールアドレスも載っていたのでとても助かりました。

最初に連絡を取ったときは、盆に帰省した際に、と返事をもらったのですが、その数日後に、僕の出張が決まり、予定より早く会うことができました。

なんだか、いい流れになってます。

平日だったので、夜七時に津田さんの会社の前で待ち合わせをして、近くにある居酒屋に行きました。今回は先に同じ年であることを伝えたので、初対面とはいえ、共通の話題もいくつかあり、すぐに意気投合しました。

津田さんはN＊＊市に帰るごとに町が近代化されていて寂しいと言いました。国道沿いにできたショッピングセンターや田んぼの真ん中にできたコンビニのことです。地元にいる人間としてはようやくできてくれたという気分なのですが、都会に住む人にとっては大切な田舎へのノスタルジーをぶちこわすものでしかないのでしょうか。

都会でさんざん便利な生活をしておいて、年に一、二回だけ帰る場所は昔のままであってほしいなんて、贅沢ですよね。でも、僕が地元に戻らず、別のところに住んでいたらそこが田舎であれ、都会であれ、同じ気持ちになるんでしょうね。

先生も今、あの町を懐かしくお思いでしょうか。食事制限がないようでしたら、鮎《あゆ》の甘露煮や手打ちそばなど送らせていただきたいと思います。すみません、最初に気付かなくて。

正直、僕は自分の住んでいる町の名物がいまいち何なのかわからないのです。津田さんが懐かしんでいるものを聞きながら、なるほど、と思いました。

――鮎の甘露煮、美味《うま》かったなあ。昔は夕飯に出ると「またこれ？　勘弁してくれよ」なんて文句言ってたけど、今思うと、贅沢な話だよ。なあ。

――そうですね。

相槌《あいづち》を打ってみたものの、数日前に同じ文句を母親に言ったばかりだなと苦笑してしまいました。

——川の色も全然違う。町が近代化されていくのは仕方ないが、赤松川はあのままであってほしいなあ。でも、竹沢先生にとってはどういう場所なんだろうな。

竹沢先生からお預かりしているものがあるから会ってほしい、と津田さんに頼みましたが、事故のことは先生とお約束した通り、何も言いませんでした。けれど、まったく今初めて聞いたようなふりをするのもおかしいのではないかと思い、なんとなく聞き流すようにビールを飲みました。

——先生から聞いてない？

——いや、先生からは何も。

——じゃあ、俺に渡してほしいものって？

しまった、と思いました。封筒を渡せば、用件は終わったことになる。今の状況を聞けないまま、事故の話になり、気分を害して帰られる可能性をまったく考えていませんでした。次からは、会ってもらう理由も別のものにした方がいいのではと思っています。

しかし、津田さんは封筒を受け取っても、帰ろうとする様子はありませんでした。開封して僕にも見せてくれましたが、真穂さんと同じものだったのですね。「パイロットになりたい」という文章の下に、飛行機の絵が描いてありました。

——このときはまさか、自分が高所恐怖症だなんて、夢にも思ってなかったんだよな。これを俺に渡すのは口実で、先生は今、あの事故の日の六人が元気でやってるか気にされてるんじゃないか？

その通りだったので、驚いてしまい、同時に肯定したことになってしまいました。すみません……。

――俺の連絡先は真穂に聞いたんだっけな。俺って、六人中何番目？

――二番目です。

――ということは、真穂からしか事故のことを聞いていない？

――そうです。

――誰から会うかってのは、先生の指示？

――いえ。特に指示があったわけじゃありません。何となく、上から順番に電話をかけてみただけです。

――で、二番目が俺の名前だった。

僕が津田さんの様子をさりげなく探って先生に報告するはずだったのに、完全に津田さんリードでした。

――いえ、三番目です。でも、真穂さんの話の中に、武之くん、と子どもたちの中で最初に名前が出てきたから、次にお会いしようかなとも思ってました。

――へえ、真穂は俺のことを何て？

――先生とダム公園でバドミントンをしていたら、武之くんが呼びにきたって、それだけです。それに、津田さんとはもともとお盆に会うことになっていたので、本当に、順番に深い意味はありません。

——次に会うのは？

——根元沙織さんです。地元にいらっしゃるんで。小学生のときは町が違うとものすごく遠いイメージがあったけど、同じN＊＊市内なんですよね。

——そういや、あの頃は、先生がものすごく遠い学校に転任して、もう一生会えないような気分でいたけれど、同じ市内で異動しただけなんだよな。でも、俺は先生は俺たちを見たくないから転任したんだって思ってた。

——どうして？

——そりゃそうだろ。俺たちなんか連れていかなきゃ、先生のだんなさんが死ぬこともなかったんだ。葉っぱとりなんて、先生一人で行けばいいことだし、人手が必要なら他のクラスの先生を誘えばよかったんだ。

——じゃあ、先生はなぜ、児童に声をかけたんでしょうか。

——仲直りピクニックだよ。

——誰と誰のですか？

——藤井利恵《りえ》と古岡辰弥《たつや》だよ。あの二人は家が近くて、まあなんというか、子どもながらにお互いの家の事情を知っていたんだ。それをささいなケンカで持ち出しちまって、大ゲンカが勃発《ぼっぱつ》だ。お互い存在感が強かったもんだから、男子対女子っていう構図になって、クラスは大荒れ。それで先生が二人に話し合わせて、どうにか仲直りをさせて、その延長で落ち葉拾いを手伝ってほしいっていうノリになったんだ。

――そうだったんですか。それで、メンバーはどうやって選ばれたんですか？　真穂さんはその日に用事がなかったのと、家が学校に近かったからって言われてましたけど。

――あいつ、そんなふうに思ってたのか。子どものときならそれでいいかもしれないけど、大人になったら気付けよ。先生は秋の行楽日和《びより》になんの予定もなさそうな、家が貧乏なヤツから順に声をかけてくれていたんだって。俺は学級委員だから声をかけられたって当日まで思ってたけど、昼飯の弁当を見て、そうじゃなかったんだってわかったよ。

――先生のご主人が作られた弁当ですか？

――それも、真穂から聞いてるんだ。

――ええ。蕗味噌入りの焼きおにぎりがおいしかったって言ってました。

――あれだけ手の込んだおかずを食わせてもらって、焼きおにぎりとは、作りがいのないヤツだな。俺はエビと白身魚のすり身が入った卵焼きなんて、あの日初めて食った。今じゃそこそこ収入があって、テレビで紹介されるような有名な寿司屋に行くこともよくあるけど、あれより美味い卵焼きは食ったことない。

――それ、先生、すごく喜んでくれると思います。

僕がそう言うと、津田さんは「先生に伝えてほしい」とこんなことを言いました。

――先生はあの日、子どもたちを連れ出したことを後悔しているかもしれないし、他のヤツらもどう思ってるのかはわからないけど、俺は感謝してるって。

弁当広げたのを見て、ここにはクラスの貧乏人が集められてるって気付いたときには、正直、めちゃくちゃショックだった。その場にいることが恥ずかしかったし、メシをよばれることも恥ずかしかった。でも、先生のだんなさんは全員平等に皿におかずを取り分けてくばってくれた。みんなの口に合えばいいんだけど、なんて言って。

俺は卵焼きに手を付けた。豪華なおかずが並ぶ中で、一番安っぽく見えたからだ。がっついていないってところを見せたかったのかもしれない。ところが、口の中に入れると、今まで体験したことのない味が広がった。思わず、泣き出しそうになったくらいだ。

うちは片親で、それを引け目に感じないように虚勢を張ってがんばってた。人からものをもらったり、援助を受けたりするのが嫌いでね。でも、ありがとうって受けてもいいんじゃないかって思った。それで、いつか返せたらいいって。

単純だろ、卵焼き一つで。

なのに、先生のだんなさんはその日のうちに亡くなってしまった。

あっという間の出来事だった。だんなさんと男三人とで川に下りて、魚を見たり、石を拾ったりして遊んでいたら、向こう岸に渡りたいって辰弥が言い出した。だんなさんはそのときは少し離れたところに座っていて、辰弥が石を渡り始めて、良隆がそれを追いかけた。そうしたら、良隆が足を踏み外して、あっという間に流されていった。

だんなさんはすぐに飛び込んだ。俺は急いで先生を呼びに公園に走って、報告した。先生はすぐに川に向かったけど、そのあとのことはよくわからないんだ。あわてて走ったもんだから岩場で足をひねってしまって、川に戻ったときには良隆もだんなさんも引き上げられていた。

先生は必死でだんなさんに人工呼吸をしていたけど、俺の目にはもう死んでいるように見えた。ぼろぼろ涙が出てきて止まらなかった。半日も一緒に過ごしていない人だけど、俺にとっては大好きな人だったから。

その後、俺は人様の好意は素直に感謝して受け入れることにした。大学にも行けることになったし、自分で言うのもなんだが、一流企業に就職することもできた。休日にはボランティア活動にも参加している。あの頃の俺みたいな子どもたちを日帰り登山やピクニックに連れていってやるんだが、さすがに美味い弁当は難しい。

せめて卵焼きだけでもと作ってみたが、だんなさんの足元にもおよばない。でも、同じボランティアの中にそれをおいしいと言ってくれた子がいて、来年の春に結婚することになっている。なあ、それって全部先生のおかげだと思わないか？

だから、先生に感謝していると伝えてほしい。

その後、僕たちは店を出て、花屋に行きました。都会の花屋は深夜でも開いているんですね。あのとき津田さんが選んだ花は今、先生の病室に飾られているでしょうか。花だけが届いても、先生は驚かれるだろうと思い、こちらに帰ってきてからすぐに手紙を書きました。

なので、ところどころ文章が乱れているかもしれませんが、今回はなにとぞご勘弁ください。

僕は津田さんに会い、さらに先生を尊敬するようになりました。僕のクラスにも授業料免除の申請をしている生徒や、たった数千円の実習費が払えない生徒がたくさんいます。修学旅行に行けない生徒もいます。どうにかしてやりたいとは思うものの、全員分を僕がたてかえることはできません。

学校に要請があったアルバイトを、苦しい子たちから、はっきりそれとわからないように紹介することくらいしか、自分にはできないと思っていました。こっちは気を遣っているのに、バカにするな、と親が怒鳴り込んできたこともあります。そうなると、もう勝手にしろ、と投げ出してしまいたくもなっていました。

でも、僕にはまだ何かできることがあるんじゃないかと思います。今たちまち金銭的に援助することだけが手助けではないはずです。頑《かたく》なになっていた津田さんの心をだんなさんの卵焼きが解きほぐしたように、生徒たちが未来を前向きに捉えられるようなことを探してみようと思います。

それでは、また。

大場敦史拝

竹沢真智子様

大場くんへ

お便りをありがとう。

お花に込められた津田くんの思いを知り、心より嬉しく思いました。タイムマシーンなどないけれど、もしも、あの日に戻れるのなら、と何度も心の中で祈ったことがあります。けれども、戻れなくてよかったのだと思うことができました。

貧しい家庭など、ひと昔もふた昔も前にしか存在しないものだと思っていました。給食費や遠足代を払いたくても払えない家庭の子どもたちが、他の子と同じように過ごせるためにはどうすればいいのか、真剣に考えた時期があります。

生まれた家庭環境で人生が決まってはいけないと思っていたからです。

しかし、何やら世の中がおかしな流れになってきて、お金があるのに給食費を払わないという家庭の対処に追われるようになり、その後、現場から離れ、教育委員会に出向したりしていましたので、すっかり時代は変わったものだとばかり思っていました。

大場くんたちはまず、個々の家庭を見極めるところからしなければならないのですね。お金以外の援助の仕方があるはず、今結果が出なくても未来に希望が持てる解決策をという言葉に頼もしさを感じましたよ。

大場くんなら必ずできると思います。けれども、決して無理はしないでください。

それから、お気遣いありがとう。今は食事制限があるので、退院できたらおいしいものをごちそうさせてください。あなたからのお手紙は、いつもわたしの胸をいっぱいにしてくれていますよ。

それでは、さようなら。

竹沢真智子より

3

竹沢先生、おかげんはいかがですか？

今日は根元沙織さんにお会いしてきました。結婚されて、今は宮崎姓になっています。同じ市内に住んでいるので、すぐ会えそうだと思っていたのですが、五歳の男の子と三歳の女の子のお母さんなので、なかなか忙しく、僕が年休を取り、沙織さんが子どもたちを保育園に預けている平日の午前中に会ってもらうことになりました。現在三人目も妊娠中だそうなので、場所はオーガニックのハーブティーが飲める喫茶店にしました。

オーガニックなんていうとおしゃれっぽい響きですが、この町のそれは、自分の家の庭で取れたハーブを入れてくれる昔ながらの喫茶店です。僕はカモミール、沙織さんはブルーマーロウを注文しました。僕は沙織さんが頼んだものを知らなかったのですが、運ばれてきたときはきれいなブルーをしていたお茶が、レモンを入れるとピンクに変わり、化学の実験のようでとても驚きました。

お茶を飲んで落ち着いたところで、僕は先生から預かった封筒を沙織さんにわたしました。沙織さんは封を切って中をのぞき込むようにして見ていましたが、僕には見せてくれませんでした。

——あの事故のことでしょう？　先生は何を知りたがってるんですか？

沙織さんは封筒をバッグに仕舞うと僕にそう言いました。

——事故のことではありません。先生はあの日一緒にいた六人が今どうしているかを気にされているんです。

——ああ、トラウマとかよくテレビで聞きますもんね。大丈夫ですよ。この通り、たいした煩《わずら》いもなく、普通に暮らしています。結婚もちゃんとできました。もし、まだ独身なら、先生に対する不信感はぬぐえていなかったかもしれない。でも、今ならあのときの先生の行動が肯定できます。

不信感。真穂さんからも津田さんからも出なかった言葉に、僕は耳を疑いました。

これについて聞いたところで、僕はそれを先生に報告することができるだろうか。あまり突っ込んだことは訊かずに、お子さんの話でもして帰ろうか。そうした場合でも、先生との約束は果たせたことになる。先生が知りたいのは、あの事故のことではなく、今の様子なのだから。そんなことを考えたものの、やはり訊かずにはいられませんでした。

つまらない好奇心をお許しください。

——不信感とはどういうことですか？　先生は児童を助け、ご主人を亡くされたというのに。

——それは結果論よ。わたしの前に会ったのは、真穂と津田くんでしたっけ？　あの二人は現場を見ていないから結果だけを知って、先生を崇拝しているんだと思う。

――いったい、何があったんですか？

――わたしは先生と一緒にバドミントンをしていた。そこに津田くんが呼びにきた。先生は川に向かって駆け出して、わたしたちもついていった。途中、先生は真穂に救急車を呼ぶように言った。そういうことはもう聞いているんでしょ？

――はい。あと、津田さんは足をひねったから川に着くのが遅かった、と。

――そうだったの。走ってる途中で、津田くんがいないなとは思ったけど、それどころじゃなかったから、理由までは知らなかった。でも、彼はそれで正解。先生は真穂だけじゃなく、あとからついてきてた子全員に、救急車を呼ぶようにとか、公園で待っているようにとか、指示を出して、一人で川に向かうべきだったのよ。そうしたら、あんなところ見られなくて、ううん、わたしは見なくてすんだのに。

――それって、僕が聞いてもいいことですか？

――あなた、結婚されてます？

――いいえ。でも、結婚を考えている彼女はいます。

――先生をしてるんですよね。

――高校ですけど。

――もし、川であなたの彼女と生徒が溺れていたらどうします？　生徒の方が取り乱していて、彼女の首に手をまわして思いっきり暴れて、彼女はガバガバ水を飲んで苦しそうにしている。そんな状態です。

すぐに返答できませんでした。真穂さんや津田さんに会ったあとも考えたことです。でも、そのときは溺れている二人が別々に流されている想像をしていました。正直、僕の彼女はスキューバダイビングのレスキューのライセンスを持っているくらい泳ぎが得意なので、あまりリアルに想像することができず、やはり生徒を先に助けるかなあ、などと思っていました。

でも、沙織さんの言う状態なら。僕の教え子の中には情緒不安定な子が年に一、二人います。そういう子は普段は人一倍おとなしく、事前に聞かされていなければ症状に気付けないこともあるくらいです。一度、それまで普通だと思っていた男子生徒が、授業中いきなり「キー」という声を出し、暴れ出したことがあります。後ろの席の女子生徒が数名でこそこそ話をしているのが、自分の悪口を言っているように聞こえたのだそうです。そういう子は初めてではありませんでしたが、驚いたのは中学の頃から症状があったと、同じ中学校だった生徒は全員が知っているのに、入学時に中学校の先生から何の報告もなかったことです。あとで確認すると、受験の合否に影響すると思って調査書には書かなかったし、高校に合格すれば落ち着いて症状も出なくなるかもしれないのに、色眼鏡で見られるのは可哀想だと思ったから、と言うのです。気持ちはわからないでもないけれど、何か起こったあとでは、こんな言い訳は成り立ちません。彼の場合は、僕が腕中に引っ掻き傷と青痣《あざ》を作ったくらいでどうにかなりましたが、これが女性教師や女子生徒なら、大けがをしていたかもしれません。

随分、本題から外れてしまいましたが、溺れているのが彼で、水中であのときと同じように暴れながら彼女にしがみついていたら……。

——教師失格と言われるかもしれませんが、彼女を助けるような気がします。

——どうして？

——本当に、人間性を疑われても仕方ないですが、彼女は僕にとって一番大切な人だから、失いたくないからです。

——でも、教師を辞めることになりますよ。採用試験って、かなり倍率高いんでしょ。志を持って狭き門をくぐってきたのに、簡単にそれを捨てられます？　しかも、今のご時世、再就職も難しそうじゃないですか。

——彼女を失ってまでしがみつきたい職業じゃありません。彼女が生きていれば、それだけでいい。

本当にそんな選択を迫られているような気がして、ムキになって断言しました。

——そういうことですよ。

沙織さんはそう言って、空《から》になっていた僕のティーカップに自分のポットのお茶を注《つ》いでくれました。最初に沙織さんが注いだときよりも茶色っぽくなっていました。

——川に駆けつけた先生は、走る勢いのままで、飛び込みました。先生が川下から来たのがよかったんだと思います。すぐに二人が溺れているところに辿り着き、良隆くんをだんなさんから引き離すと、だんなさんを抱えて川岸に戻ってきました。それから、必死に人工呼吸をしていました。

——良隆くんは？

——引き離されたあと、川の中にそのまま置き去りにされてました。

――そんな！　まさか先生が。

――そのまさかを見ちゃったんです。幸い良隆くんは、暴れていたのが嘘のように、静かに水面に浮かんだまま流されて、少し下流にある大きな岩にひっかかりました。それをわたしを含めて、そこにいた子ども三人が引き上げたんです。先生のだんなさんの横に寝かせて、名前を呼んだり、ほっぺたを叩いたりしていると、「うーん」と唸《うな》っていたので、ホッとしました。そこに、救急隊の人たちがやってきたんです。

――それで、先生は？

――だんなさんにつきっきりでしたよ。でも、だんなさんの方はまったく意識がない様子だったから、救急隊の人にはそうするのが当たり前に見えたんじゃないですか？　翌日の新聞も良隆くんを先に助けたことになってましたもん。

――それについて、誰かに本当のことを打ち明けなかったんですか？

――言いませんよ。っていうか、良隆くんが「だんなさんと先生が僕を助けてくれた」って言ったんです。それを否定できるはずないじゃないですか。でも、不信感は抱いてました。

こういうのって、どの立場に自分や自分に近い人を置くか、なんですよね。

わたしは川に向かうときから先生の背中をずっと見ていた。走るのが速かったから、先生の後ろをぴったりとくっついていってました。途中、先生が一番後ろの真穂に電話をかけるように言ったときは、自分じゃなくてよかったって。不謹慎かもしれないけど、不安なのが半分と、ドキドキするのが半分、そんな気分だったんです。

ダム公園から川に行くには遊歩道を二百メートルくらい進んで、細い階段を下りるんですけど、階段の途中から、流される二人の姿が見えました。先生は階段を二段とばしで駆け下りて、川に飛び込みました。なんのためらいもなく、かっこよかった。流れにうまくのって、二人を待ちかまえるようにして、先生が良隆くんの背中に抱きついたときには、「ヤッター」って声をあげたくらい。なのに、その手を離したんです。すーって流されていく良隆くんを見ながら、何が起こったんだろうって、よく理解できなかった。

捨てられた、そんな言葉が頭に浮かんできました。良隆くんは先生に捨てられた。先生は良隆くんを捨てた。先生は——教え子を捨てた。

岩にひっかかった良隆くんを、利恵ちゃんと辰弥くんが助けるのをぼんやりと見ていました。良隆くんの方が下流に流されていたけど、二人はそれぞれ、肩と両足を持ち上げて良隆くんを引き上げてきて、先生のだんなさんの隣りに寝かせて、先生がやっているのと同じような応急処置をしていました。

わたしが本当のことを進んで言おうとしなかったのは、このときに自分が何もしていないからかもしれません。はりきって一番についていってたのに、いざ、現場に着くと何もできなかったんだから。ほら、よくドラマなんかであるじゃないですか。川で子どもが溺れていて、川岸で母親が半狂乱になって「誰か、助けて!」って叫んでる。そこに心優しく勇気のある青年が飛び込んで——みたいな。あれって、何で母親は飛び込まないんだろうって思ったことありません?

——そうですね。僕は男だから、テレビなんかだと、女性は救助ができないものと決めつけて見ているから違和感も持たないのかな、って思うけど、実際は……。

恥ずかしい話ですが、僕、彼女とデート中に、そういうことに巻き込まれたことがあったんです。でも、そんなに深刻な状況じゃなくて、公園の人工池でカモにえさをやっていたときに、隣りにいた子どもが足を滑らせて落ちてしまったんです。その子の母親も僕も一瞬固まってしまって、ハッとしたときはもう彼女が池に入って、子どもを抱き上げていました。彼女は「レスキューの講習受けてるからよ」なんて謙遜してたけど、僕はもう、男として恥ずかしくて。だから、沙織さんの気持ちわかります。いや、一緒にしちゃいけないのかな。

——大抵の人がそうだと思います。だから、先生は川に飛び込んだだけでもすごいことだったんだと思います。わたしが先生なら、川岸で「誰か助けて」っておろおろしながら叫んで、結局、二人とも助けることができなかったかもしれない。でも、そういうのって、子どものときにはわからないんですよね。自分が怖かったのは子どもだから、大人は飛び込んで助けて当然、って。だから、わたしはあの事故以来、竹沢先生を信用できなかったし、教師に対して不信感を持つようになりました。

うちは家電の部品を作る小さな工場を経営していて、両親は休日も昼夜を問わず働いてたんですけど、わたしが高校生の頃、つぶれてしまいました。そのことで、学校の先生は授業料免除の申請手続きや、奨学金やアルバイトのことや、いろいろと親身になってアドバイスをしてくれていたけど、わたしはそれを素直に受け取ることができなかった。

自分が安定したところにいるから、親身になっているような言い方ができるけど、この人だって、自分の身内に災難が降りかかるような状態になれば、教え子なんて簡単に見捨ててしまうんだ。

嫌な子どもですよね。他人は助けてくれないって思い込んでいたおかげで、わりとがんばることができました。自立できるように、ちゃんと資格を取って働こうって、歯科衛生士の資格を取って、そこに治療にきたダンナにも会えました。がたいがいいから、頼りがいがありそうでうらやましい、って職場の人や友だちからは言われたんですけど、そのあたりはまったく信用していません。

でも、結婚しました。先生にわたしのことを報告するなら、ここのところを強調してもらえると嬉しいです。大人に不信感を持って、結婚もできませんじゃ、先生もわたしのこと気にするだろうし、大場さんだって報告しにくいでしょ。

いざってときに頼りになるかどうかなんて、そのときになってみなけりゃわからないけど、そんなことが起こるのを待ってると、そのまま人生終わっちゃうかもしれないじゃないですか。それよりも一緒にいれば楽しい方優先ですよ。

助けてくれなくていいから、自分のことは自分でどうにかできる人であってくれたら、それでいいんです。

ただね、見た目からはまったく想像がつかなかったんだけど、うちのダンナ、泳げないの。大人になると、泳ぐ機会ってないじゃない。だから、話にも上らなくて、知ったのは去年ですよ。上の子が保育園のお友だちに、夏休みにおじいちゃんの家の近くで海水浴をしたってのを聞いて、「僕も泳ぎに行きたい」ってダンナに言ったの、そうしたら、「実は、俺泳げないんだ」って。耳を疑いました。

わたしたちの小学校は、各学年ごとに目標の距離が決められていて、泳げない子はできるようになるまで、夏休み、毎日学校に行かなきゃいけなかったから、一年生の二学期には全員二十五メートル泳げるようになっていたし、卒業するときには、三百メートル続けて泳げるようになっていたんです。大場さんのところは？

——うちもそうでした。そういうのって、市の教育委員会で決められるんですかね。僕はとりあえず泳げはしたけど、体力がなくて、三百メートル続けて泳げるようになるまで、夏休み中、竹沢先生に特訓を受けましたもん。

——そうそう、竹沢先生は昔、水泳の選手だったらしくて、担任じゃなくても夏休みの特訓は竹沢先生だったから、泳ぎは先生に教わったようなものかな。「どざえもんになりましょう」って。

——あ、僕たちのときもそう。僕はへんなところで頭でっかちな子どもで、なんで人間が水に浮かぶんだろう、多分、手足をばたばたさせることで沈まずにすんでいるんだって思ってたから、いつも人の二倍くらいの勢いで手足をばたばたさせて泳いでたんです。だから、余計に体力を消耗しちゃって、泳げなくなる。で、補習に参加する。そのときに先生が、「一度、どざえもんになってみよう」って。

僕、どざえもんが何なのかもわからなくて、ドラえもんだと思って、よくわかんないけど三等身っぽく、からだも手足も伸ばして、ぽてっと水中に倒れてみたんです。

——そうしたら、浮いた！

——そうそう。あれ？　バタバタしてないのに浮いてるぞ、って感動しました。
——わたしたちなんて、一年生のときにそれだったから、この世に泳げない人が存在することにも気付かなかった。でも、ダンナの小学校はとりあえず決められた回数、水泳の授業をして、泳げなくても補習もないし、怒られることもなかったから、泳げないまま卒業しちゃったって。運動神経が悪いってわけじゃないの。ラグビーの選手で県大会の決勝までいったくらいだし。だから、余計驚いちゃって。でも、そのときふと思ったの。

先生のだんなさんって泳げたのかなって。

もし、家族で泳ぎに行って、よその子どもとダンナが一緒に流されたらどうするだろうって考えた。当然、ダンナを助けると思った。わたしにとって大切な人ってのもあるけど、子どもたちから父親を奪われることの方がいやだもの。はたから見たら、卑怯《ひきょう》な大人に見られるでしょうね。よその子より自分のダンナを助けるなんて。

でも、仕方ないじゃない。うちのダンナは泳げないんだから。ううん、泳げても、そのとき溺れていたら、ダンナを助ける。相手の子どもが泳げて、自分のダンナは泳げないとかそういうとっさの判断はわたしには無理。とにかく、ダンナを助ける。

なんて、実際そんなことになったら、岸で「助けて」ってわめいてるんでしょうね。

教師と生徒、小学生は児童？　なんて、何かあったときだけものすごく密接な関係のように取り扱われるけど、実際は一年、長くても数年、人生のほんの一部分でしか関わらない同士じゃない？　教え子とダンナとどちらを助ける？　なんて究極の選択みたいだけど、誰でも答えは決まってるのよ。そういう場面に遭遇するかしないかだけ。しない人が理屈をこねくりまわしても仕方ないってことに、ようやく気が付いた。

先生に不信感を抱いてしまったのは、わたしが子どもだったから。先生がもしあのとき良隆くんを助けていたら、あのときは感動するかもしれないけど、こうして結婚してから、先生は教師としては立派だけど、妻として、家族としてはどうなんだろう、って違う不信感を持っていたかもしれない。

なんだかんだって、家族が一番大切ですもん。

ダンナと子どもはスイミングスクールに通ってるの。上の子なんて、小学校に上がる前なのに、もう二十五メートル泳げるんだから、すごいでしょ。

でも、うちの子にあのときと同じ状況が起きたら、先生には子どもを助けてもらいたいですね。たとえ、泳げるとしても。

竹沢先生によろしくお伝えください。

沙織さんの話を聞くまで僕も、先生のご主人が泳げるのかどうか考えたことがありませんでした。そんなことは関係なく、人生においてより大切な人を助けるだろうと沙織さんは言っていましたし、そんなことを言ってもらえる沙織さんのご主人をうらやましくも思いましたが、僕は先生はもっと冷静に判断されたのではないかと思います。

先生のご主人と良隆くんが溺れている。ご主人は泳げないけれど、良隆くんは泳げる。しかも、良隆くんは流れに身を任せて浮かぶということが、一年生のときから身に付いている。良隆くんに関しては、とにかく、落ち着かせればよかった。先生はまず、良隆くんを抱え、彼が落ち着いたのを確認してから手を離し、ご主人を川岸まで運んだ。

ちゃんと、先生は先に良隆くんを助けているんです。だから、良隆くんも自分でそう言った。

それを一瞬、ご主人を優先したのは先生も一人の人間なのだから当然のことなのだ、と上から目線で判断しようとしたことを、本当に恥ずかしく思います。

教師と生徒が実際に接するのは、ほんの数年、それも一日のうちのほんの数時間かもしれません。だけど、この世に泳げない人がいるということに思いが及ばないくらい、当たり前のように今僕の身に付いていることは、かつて、先生に教えていただいたことです。しかも、先生は事故が起こった翌年であるにもかかわらず、「万が一のときのために」とかそんなお仕着せがましく、子どもを不安にさせるようなことをひと言もおっしゃらずに、水泳は楽しいものだとして教えてくださいました。

僕も含め、見返りを求めている教師はたくさんいると思います。「先生のおかげで、××大学に合格しました」なんて言われると、みんなに自慢したいほどです。逆に、部活動の生徒が賞をとった際に、まるで自分たちだけの力でとったような言い方をしていると、誰がフォローしてやったんだ、とムッとしてしまったこともあります。

僕は本当に小さい人間です。

わざわざ、「先生のおかげで」なんて感謝されなくてもいい。僕の教えたことが、それが誰かから教わったことだと気付かないくらいに、生徒たちの中に浸透していればいいなあと思います。

次は、古岡辰弥さんに連絡を取ろうと思います。古岡さんの電話番号にも繋がらなかったのですが、僕の中学時代の友人が市役所に勤務しているので相談してみたところ、古岡さんは彼と同じ高校だったことがわかり、つてを頼って連絡先を調べてもらうことができました。僕は校区外の私立の進学校に行きましたが、普通に公立高校に行っていたら、この六人の中の誰かとすでに出会っていたことになるのかもしれないな、と今さらながらに思います。

それどころか、僕もあの日同じ場所にいたような……。

これは、先生とご主人、そして六人の子どもたちに起きた事故が、僕にとっても何か意味を持ち始めているということでしょうか。なんだか、先生が僕に何か大切なことに気付かせようと、メッセージを送ってくださっているような気がします。

それでは、またお便りします。

大場敦史拝

竹沢真智子様

大場くんへ

お手紙ありがとう。沙織さんとのやりとり、書きにくかったでしょうに、感謝しています。沙織さんだけでなく、川に飛び込んだわたしを見ていた子たちはみな、同じような不信感を抱いたはずです。

手紙にあった通り、主人は泳げませんでした。もしも、主人が子どもたちを連れて、海に行くことになっていたのなら、万が一のことを考慮し、わたしは反対していたと思います。川だったことに、わたしは油断をしました。泳ぐという季節ではなかったし、川遊びに慣れているはずの子どもたちに何か起こるとは夢にも思っていなかったのです。それほどに、川はわたしにとって身近なものでしたし、子どもたちにとってもそうだと思っていました。

けれど、良隆くんにとってはそうではなかったのです。彼は四年生の春に県外から引っ越してきた子でした。泳げはしましたが、流れに身を任せて浮かぶことはできなかったはずです。それでも、友だちがたくさんいて、外遊びが好きな子なら少しは川に慣れていたかもしれない。

しかし、彼は教室の隅で静かに本を読んでいる方が好きな子でした。それが悪いわけではありません。ですが、当時は今のように個人の自由を前面に押し出した考え方はされていませんでした。みなと一緒に外で元気に遊べる子、そういう子にしてあげなければならない。そういったところがありました。

だから、良隆くんを落ち葉拾いに誘った。それならば、他の子よりも注意しておかなければならないはずなのに、彼は川に落ちてしまい、わたしは、主人を助けた。

わたしは主人を優先してしまったのです。

良隆くんは流れに身を任せて浮かぶことが身に付いているから、落ち着かせればよかった、と好意的に解釈してくれた大場くんを裏切るようで、本当はこんなことを書かない方がいいのかもしれませんん。でも、それならば初めから、六人に会ってほしいと頼まなければいいのです。

良隆くんが助かったのは結果でしかありません。うまく流されたのは、主人から引き離した際に水を飲み、気を失ったせいではないかと思います。だから、なおさら、子どもたちがあのときのことを気にしていたら、と心配なのです。転任前にちゃんとあの子たちと話せばよかったのかもしれない。

しかし、当時のわたしにはそれができませんでした。あの子たちにしてみれば、わたしのしていることなど今さらなのかもしれません。わたしの自己満足でしかないのかもしれません。それでも、これまで報告してくれた三人がそれぞれ幸せな生活を送っていることを嬉しく思います。

あのときの小学生たちも、もう親になる年齢なのですね。迷いなく家族が大切と言いきれる沙織さんをとても頼もしく思います。わたしは良隆くんよりも、主人を優先した。でも、そのせいで、もっと大切なものを失いました。

とっさに川に飛び込んだことにより、結果的に良隆くんが助かったのだから、そうして正解だったのかもしれない。でも、そう思い込むのはまだ早いのかもしれませんね。

ご迷惑をおかけして、本当にごめんなさい。

あと三人、よろしくお願いします。

竹沢真智子より

4

竹沢先生、おかげんはいかがですか？

暑い日が続き、僕は夏バテ寸前です。出勤しても、校内で唯一クーラーがきいている職員室から一歩も出ることができません。と、軟弱なぼやきから始めてしまったのは、先日会ってきた古岡辰弥さんが、日射しの強い外で一日中働いているのを、今さらながら尊敬の念を持って思い出しているからかもしれません。

古岡辰弥さんは「梅竹組」という市内の土木会社に勤務していて、今は赤松川下流の河川敷の整備作業に携わっています。

前の三人で、先生のお名前を出すと、事故のことだと気付かれてしまうことがわかったので、N＊＊北高校で教員をしている大場がS小学校の卒業生にお話を伺いたい、と連絡を取りました。すると、何のために？　と訊かれ、放送部の取材のために、ととっさに答えてしまいました。なかなかいい切り返しをしたと思っていると、続けて、地元に残っているS小の卒業生は他にもいるが、俺じゃなきゃダメなのか？　と訊かれました。

ぜひ古岡さんに、と答えると、あの事故のこと訊きたいんだろう、と言われ、口ごもっていると、あれについて俺は何もしゃべる気はない、と電話を切られてしまいました。

自分の浅はかさにあきれてしまいました。事故に遭遇した過去を持つ人に、その当時の肩書きで取材を申し込めば、警戒されるのは当然です。結局、竹沢先生からお預かりしているものがあり、それを直接渡したい、最初に嘘をついてしまったのは、事故のことだと警戒されないためでした、という内容のメールを送りました。

古岡さんから、初めからそう言え、とメールをもらい、会ってもらえることになりました。

僕たちは町の外れにある小料理屋で会いました。古岡さんの職場の近くまで行くと言ったのですが、知人に会わないところでゆっくり話したいと、古岡さんが案内してくれたのです。でも、僕はそこに数回行ったことがありました。

先生ならおわかりでしょうが、プライベートで生徒や保護者に会うというのは、あまり有り難いことではありません。特に、デートとなると慎重に場所を選ばなければなりません。一度でも目撃されれば、あっという間に皆の知るところになり、結婚はまだか、などと噂ばかりが先走っていくのですから。僕に彼女ができたと知ったお節介な同僚が、穴場の店として教えてくれたのが、古岡さんの案内してくれた店です。

逆に、古岡さんの方がその店に行くのは初めてだったそうです。静かに話せる酒の美味い店はないかと知人に訊ねたら、ここを教えてくれたのだと言われました。ためしに、××さんですか？と同僚の名前を出してみたのですが、そこまで世間は狭くありませんでした。

カウンター六席とテーブル二つの狭い店内に入ると、おかみさんに「今日はかわいい彼女とご一緒じゃないんですね」と早速冷やかされてしまい、奥のテーブル席につくと、「なんだ、先生と彼女の密会場所だったのか」と古岡さんにまでからかわれてしまいました。店が初めてではないぶん、僕の方がリードできそうだと思っていたのに、ビールで乾杯した頃にはすっかり古岡さんのペースでした。

――で、先生。竹沢先生はあんときの事故について、俺のこと、何て言ってんだ？

まずは料理でもつまみながら世間話でもして、と思っていたところに、いきなりの先制攻撃です。

――待ってください、古岡さん。確かに僕は竹沢先生に頼まれてあなたに連絡を取りましたが、先生が知りたいのは事故のことじゃありません。今のあなたについて教えていただければ、事故のことなんて話してくれなくてもいいんです。あと、僕のことを先生って呼ぶのはやめてください。

――だって、あんた先生なんだろ？

――職業は教師ですが、僕はあなたに何か教えているわけじゃありません。

――そのわりには、初対面の俺に自己紹介するとき、あんた、名前の前に職業を付けたじゃないか。そりゃ、こっちだって先生って呼ばなきゃいけないのかなって思うさ。

――普通は付けませんか？

――俺が知ってる中じゃ、医者と教師くらいだな。そもそも、今日俺と会って話をするのに、あんたが教師ってことが何か関係があんのか？

――いいえ。ただ、初対面なので、名前だけよりは肩書きも付けておいた方が、怪しまれないかなと思っただけです。

——それだ。あんたには、自分が世間から信頼される職業に就いている、っていう自信があるんだ。

——そんな、職業に自信があるもないもないですよ。

——じゃあさ、あんたのところにいきなり、「梅竹組」の古岡辰弥ですが、って電話がかかってきたらどうよ。

——土木会社の人が何の用だろう、って感じかな。僕が県外の人間だったらかなり訝しむかもしれないけど、市内じゃ「梅竹組」は名前の通った会社じゃないですか。

——そうなのか？　ガラが悪いとか、そういうイメージじゃねえのか？

——いや、そんなふうに思ったこともないし、他の人がそんなことを言ってるのも聞いたことないですよ。

——そりゃ、先生が意識してねえからじゃないか？　もし、あんたの妹が「梅竹組」のヤツと結婚したいって言い出したらどうよ。

——僕は一人っ子ですけど、反対はしないと思います。

——そうか……。でも、子どもはどうなんだ？　学校の宿題とかで親の仕事について作文書かされるだろ。

——僕のお父さんは町の環境整備をやっています、とか格好いいじゃないですか。「梅竹組」は橋を作ったり、河川敷の整備をしたり、校舎の耐震工事をしたり、町のためになることをたくさんされてるし、正直、成果がかたちに残る職業ってうらやましいです。

——なら、あんたも土木会社に就職すりゃよかったのに。自分は安定した職業に就いてるって余裕で、他人のフォローをしてないか？　教師ってのはそういうもんだ。作文や絵をかかせて、後ろめたいヤツについては、あとからフォローする。なら、最初からかかせるなっつうの。

——だから、近頃はそういう課題は出さないんです。家庭環境が多様化してるので、両親が揃っているとか、親が職業に就いているというのが当たり前じゃなくなってるんです。母の日や父の日に似顔絵を描いたりもしませんし、父兄参観日も、保護者参観日に名前が変わりました。

——親切な世の中になったんだな。あの頃もそうだったら、あんな事故は起こらなかったかもしれねえのに。

そう言って古岡さんは顔を曇らせ、ビールを一気にあおりました。豪快で調子のよさそうな人だと思っていたので、本題に関係ないことでからかわれているのかと、いささかムッとしていたのですが、本当はこれからするべき話を僕がどういう態度で聞くのかを、試されていたのかもしれません。

——なあ、……名前なんだっけ？

——大場敦史です。

——呼び捨てでいいか？

——どうぞ。

——大場の家が母子家庭で、そのうえ、母親の仕事場がラブホで、おまけに、父の日にお父さんの仕事について作文を書きましょう、書けない人は、お母さんやおじいちゃんおばあちゃんでも構いません、ってな宿題が出たらどうする？　小四だ。

名前で呼んでもらえたということは、少し気を許してもらえたということか、と嬉しく思ったのですが、質問に答えることはできませんでした。古岡さんは誰かのたとえ話をしているのではなく、自分のことを言っているのだとわかったからです。

古岡さんのジョッキが空になっているのをいいことに、自分も三分の一ほど残っていたビールをあおり、何頼みますか？　などと話をはぐらかそうとしました。大人は卑怯ですよね。酒に逃げ、最悪、酔ったふりをして都合の悪いことを聞かなかったことにもできる。でも、子どもには逃げ場がありません。教師が悪意を持ってそういう課題を出したのではないことはわかっています。父親の職業への理解を深めて感謝をしよう、という試みは今の時代にこそ必要なのではないかと思うこともあります。

とはいえ、やはり僕が古岡さんの立場なら、宿題が出たことを苦に思うだろうし、やらないのではないかと思います。しかし、作文を提出しなくても竹沢先生なら理解してくれるのではないか、と子ども心に想像することもでき、辛いとは思っても、深く追い込まれることはないのではないかとも思いました。

ただ、あくまでそれは先生と子ども、一対一の関係であって、子どもにとってむしろ気になるのは、他の子どもの反応なんですよね。子どもの頃はそれをものすごく意識していたはずなのに、どうして大人になると忘れてしまい、自分は自分じゃないか、なんて無責任なことを生徒に言えるようになるのでしょうか。

そんなことを考えながら、新しく来たビールを飲んでいると、古岡さんが言いました。

——答えらんねえよなあ。

——すみません。

——いや、わかったようなことを言われるよりはマシ。あんた、今はやりの何とか系ってヤツだな。女の話もうんうんって黙って聞いてやって、彼女とだって、ケンカなんかしたことねえんだろ。

古岡さんの言う通り、僕は彼女とつきあってから、一度も、ケンカをしたことがありません。ただそれはお互い意見がわかれることなどまったくないほど相性がいいのではなく、どこか遠慮しているからだと思います。特に、彼女の方は僕のようにのほほんとしたタイプではなく、しっかりと自分の意見を持っているのに、それを自分の中に押し込めているようなところがあって、僕としては、ケンカにならないことが不満であったりするくらいです。

しかし、それは僕の包容力の弱さからきているのでしょう。

——俺は昔っから、ケンカばかりだ。作文の宿題が出たときも、近所に住む同じクラスの女に、作文どうするの？　って訊かれただけで腹が立って。人んちのことバカにできんのかよ。おまえなんか、お父さんは仕事もせずにお酒を飲んで暴れてばかりです、って書くのかよ。なんて言い返しちまったんだよな。多分、彼女は親切で言ってくれたはずなのにさ。

——その子はどうしたんですか？

——それが、俺の十倍は気の強いヤツで。わたしはお母さんのこと書くもん。看護婦さんなんて立派な仕事だから、何枚でも書けるし、みんなの前で発表するのだってぜんぜん恥ずかしくない。

なんて言うんだぜ。それって、俺の母親が人前で発表できない仕事をしてるって言ってるようなもんだろ。プチンときて、思いっきり殴ってやったよ。

——女の子に手をあげちゃったんですか？

——まだ十歳だぞ。男も女も関係ねえよ。あの頃はあっちの方が背も高かったし、こっちが殴った瞬間、脇腹に蹴りを入れられたんだから、おあいこだろ。でも、勝負がついてた方がよかったんだろうな。おあいこになったうえに、やり合ったのが教室だったから、野次馬たちも巻き込んで、気が付いたらクラスの男対女でバトル勃発だ。

——竹沢先生は？

——そのときはいなかったけど、すぐに気付いたさ。放課後二人で呼び出されて、どっちも怒られたな。家庭環境をけなすのは一番卑怯なことだって。まあ、それでお互い謝ったけど、すぐには「おててつないで」なんてできねえだろ。そうしたら、仲直りピクニックだ。

——落ち葉拾いじゃなかったんですか？

——なわけねえよ。

——ケンカの相手は藤井利恵さんですか？

——そっか、竹沢先生に会ってこいって言われたのは俺だけじゃないんだな。俺と利恵と良隆ってとこ？

——いいえ、六人全員です。

——そりゃ、大変だ。それで、利恵にはまだ連絡がいってないんだな。

——どうして知ってるんですか？

——利恵もこっちに残ってるから、ときどき連絡取ってるんだ。でも、あんたのことは何も言ってなかったから、何で俺だけだろって思ってたんだ。まあ、俺もこのことは利恵に言ってねえけど。なあ、利恵の近況報告をついでに俺がするってダメかな。

古岡さんが利恵さんのことを呼び捨てにするたびに、僕は少しイライラしていました。それは、僕が彼女のことを呼び捨てにできないからで、古岡さんに八つ当たりする筋合いなどまったくないのですが、僕は断固として利恵さんに会おうと思ったのです。

——先生との約束もありますし、できれば、直接会いたいんですけど。

——そっか。まあ、あとから他のヤツに、竹沢先生の代理があのときの六人を訪ねてきたって聞いたら、あいつ、俺が余計なことをしたって気が付いて、怒りそうだからな。すぐに怒るのは昔のまんま。とりあえず会うくらいにして、軽く世間話でもしてくれよ。その代わり、事故のことは俺があいつのぶんまで話すから。

——そこまでして話してもらわなくても、本当に近況報告でいいんです。仕事のこととか、そういうので。

——バカか。先生がその程度のことを知るために、わざわざ他人に頼むはずないだろ。事故のことなんかまったく触れずに、調子のいい報告なんてしてみろ。先生に、俺があのときのことをすっかり忘れているように思われるじゃないか。そもそもは俺たちのせいなのに。

——たち？

――俺と利恵だよ。俺たちがくだらねえことでケンカなんかしなけりゃ、仲直りピクニックが計画されることもなかったんだ。落ち葉なんかわざわざ赤松山まで拾いに行かなくても、学校の近くの神社にわんさかあるんだから、それで充分だろ。せめて、お互い謝ったあとに、いつも通り軽口きいてりゃよかったんだ。

――でも、子どもだからってすぐに仲直りできるわけじゃないですよ。

――違う。そういうのじゃない。俺が利恵を避けたのは、あいつが帰りにもう一回謝ってきたからだ。しかも、ぼろぼろ泣きながら、ごめんねって。よく考えたら、ひどいこと言ったのは俺だけなのに、なんでこいつがこんなに謝ってんだよって、自分が情けなくてさ。結局、逃げたんだよ、俺は。

――わかります、その気持ち。彼女の方にカッコいいことされると、自分のふがいなさが引き立って、落ち込んじゃうんですよね。すみません。僕なんかと一緒にして。

――同じだ。だから、敬語はやめろ。

――そう、だね。同じ年だし。

僕がそう言うと、古岡さんはとても驚きました。真穂さんとは逆で、自分の方が年上だと思い込んでいたそうです。悪かった、と謝られ、とても素直な人だなと思いました。

事故のこともかなり重く受け止めていたのです。

――俺も利恵も、先生のダンナさんが死んだのは、自分のせいだって思ってる。ケンカさえしなけりゃ、って。けど、あいつはそれだけだ。あいつだけピクニックに行って、俺が行かなきゃ、事故は起こらなかった。美味い弁当を食って、楽しくバドミントンをして帰ったはずなんだ。

――それはもしかして、川で遊びたいって言ったのが古岡、くんだから、ってこと？

――それもある。一緒に弁当食ってるだけでも居心地悪いのに、バドミントンなんてとんでもなかった。

――それはたまたま古岡くんが先に言い出しただけで、津田さんとか良隆さんが言ったかもしれない。だって、ダム公園に行けば、僕ならバドミントンより川遊びをしたいって思うよ。

――でも、大場なら、やりたくないヤツに無理強《じ》いはしないだろ。川で遊んでいて、向こう岸に渡りたいって言ったのは俺だ。津田は「おもしろそう」って言ったけど、良隆は「やめとく」って言った。そんとき、舌打ちしたんだ、俺。「つまんねえの」って。そうしたら、あいつ、「じゃあ行くよ」って俺のあとついてきて、足滑らせて落ちたんだ。

今思えばさ、良隆はおとなしかったけど、「やめとく」なんて言ったことはなかったし、相当勇気を出したひと言だったはずだ。しかも、落ちたあと、ダンナがすぐに飛び込んで、津田は助けを呼びに走った。先生が来て川に飛び込んで、そのあと、利恵も川に飛び込んで、ようやく俺も飛び込んだ。良隆が落ちたとき、すぐに俺が飛び込んでりゃよかったんだ。

――それは、ダメだよ。古岡くんまで溺れたら、もっとひどいことになってたかもしれない。

――泳げないダンナが飛び込むよりはマシだろ。

――気付いてたんだ。

――見りゃわかるさ。ダンナが飛び込んだあと、あの人泳げないんだ、って思いながら俺は見てたんだ。な、俺のせいだろ。先生にもそう言ってくれよ。利恵なんか、何も気にすることはないんだ。なのにあいつは、どんだけ言っても、自分のせいだって聞きやしない。

――あの、もしかして、利恵さんのこと、好き？　っていうか、つきあってる？

――つきあってはいない。でも、罪悪感を抱えたもん同士、なんとなく一緒にいたりはする。あのとき以来、もう絶対に泣かせたくなかったし、みっともないところも見せたくなくて、からだ鍛えたりしたけど、そういうことじゃないって、少し前、二十年近く経ってようやく気付いたんだ。あいつ、職場の同僚の結婚式に出席したあとで、ぼろぼろ泣いてたんだよ。式に感動したとか、そういうのじゃない。相手は医者でさ、なんか、自分もそうなりたいのに、無理してあきらめてるような感じだった。

――本人がそう言った？

――言うわけないけど、わかるだろ。わたしのせいで先生はご主人を亡くしたのに、わたしが結婚なんかしちゃいけないとか、あいつなら思うはずだ。

――そこで古岡くんがプロポーズを……。

――殴るぞ、こら。おまえみたいに先生って呼ばれる仕事してりゃ、俺だってガツンといくけどよ、来年どうなってんのかわからん会社にいるのに無責任なこと言えるはずないだろ。

――でも、「梅竹組」って、いつも、何かしら大きな仕事してるよね。

――今までは景気のいい仕事してたけど、ここ一、二年は苦しくてな。このたびの河川敷工事が終わったら、なーんにも予定が入ってない。それに、リストラは免れたとしても、俺と一緒にいたら、あいつずーっと事故のことが頭から離れないだろ。だから、言ってやったんだ。おまえみたいな堅物は一緒にいるとうざいから、医者か公務員でもつかまえて、そいつと結婚しろって。

——それで、僕が教師ってのに、つっかかってきてたのか。

——うらやましいんだよ。おまえに彼女がいなけりゃ、利恵を今から呼び出して紹介したいくらいだ。

——そんな気ないくせに。それに、それって利恵さんにとっても、ものすごく迷惑なんじゃないかな。殴られるの覚悟で言うなら、利恵さんは古岡くんのことが好きだと思うよ。

——だから、俺は殴られたのか？

——利恵さんに？

——平手でバチーンってな。

——じゃあ、やっぱり当たりだ。

——そりゃないだろ。利恵に好かれるところなんて、俺にはどこにもねえ。それでも、あいつがもし俺のことを好きっていうなら、そりゃ、愛じゃなくて、同情だ。おかしな責任感かもしれない。でも、どっちもご免だ。まあ、俺と利恵のことはもういい。

それより、竹沢先生だ。先生には人生を楽しんでいてほしい。今の六十歳なんてさ、いよいよこれから楽しむ時期だろ。せっかく定年退職したんだから、海外旅行したり、カラオケ教室通ったりさ。なのに、入院中で、二十年前の教え子のことを気にしていて。俺、なんか先生のためにできることないかな。

――それは、古岡くんが……。

――待て、おまえが言うな。先生の代わりに来たからって、それは筋違いだ。ちゃんと先生に訊いてくれ。あと、利恵に会うときは、先生が入院していることは伏せて、大阪で楽しくやってるって伝えてくれないか。

――それこそ、僕が勝手に嘘をつくわけにはいかないよ。ちゃんと先生に了解をとらなきゃ。

――おまえ、頭かてーよ。だから、教師ってのは困るんだ……。


古岡さんはそのまま酔いつぶれてしまいました。店の前にタクシーを呼んでもらい、肩で支えながらどうにか古岡さんを乗せることができましたが、やはり十歳の古岡さんは川に飛び込まなくて正解だったと改めて思いました。たとえ、泳げても、助ける相手が自分と同じ年の子どもであっても、一人で岸まで運ぶというのは想像以上に大変なことだと思うし、ましてや、良隆くんは先生のご主人につかまってひどく暴れていたと聞いているので、下手をすれば、二人ともが溺れてしまったかもしれません。

あのときああしていれば。

人生なんてその思いの積み重なりなのだということを、今回、ひしひしと実感しています。けれど、古岡さんと利恵さんは必要以上に重く受け止めている。それは、本人たちのせいではなく、ましてや先生のせいでもないと思います。

憶測でこんなことを書いてはいけないのでしょうが、僕の短い教員生活の経験上で一つ思い当たるのは、二人とも、事故直後に、「あなたのせいじゃない」「気にしなくていい」「忘れてしまいなさい」そんなことを言ってくれる大人が周りにいなかったのではないかということです。

だから二人とも、自分のせいだと思い続けてきた。

古岡さんに怒られたように、僕はあくまで話を聞いて報告するだけの役割であって、僕の方から何か意見できる立場ではありません。もしかして、先生を傷つけてしまうようなことも書いているかもしれない。でも、僕の独断で古岡さんが言ったことを編集してはいけない。この判断が正しいのかどうかもわかりませんが、僕と古岡さんの会話を忠実に再現して書かせてもらいました。

古岡さんが先生に訊いてほしいと言ったことの回答を、もしも僕の目にふれずに古岡さんに伝えたいということでしたら、古岡さんの連絡先を書かせてもらいますし、封を閉じた手紙を送ってくだされば、絶対に開封せずに転送します。

どうか、あの事故に囚《とら》われている彼らを救ってあげてください。

それでは、失礼いたします。

大場敦史拝

竹沢真智子様

追伸
先生からお預かりした封筒のことをすっかりと忘れていました。古岡さん宛に、この手紙と一緒に、投函しようと思います。

申し訳ございませんでした！

大場くんへ

手紙をありがとう。六人に会ってもらうことを大場くんにお願いしたことで、大場くんの心を痛めてしまうことになり、本当に申し訳なく思っています。

古岡くんは当時も、元気でやんちゃで、家庭環境のことで心を痛めてケンカをすることもありましたが、誰でも分け隔てなく接することのできる、優しい心を持っていました。利恵さんとは幼なじみで、お互いに気遣い合っているようにわたしには見えていたのですが、十歳という年齢のせいなのか、相手のことは気遣うけれど、自分が気遣われると恥ずかしくなり反発してしまうといったこともしばしば起こっていました。

わたしは教師として、十歳の子ども同士である二人の誤解を解き、仲直りをさせるように努めていましたが、大人になった二人を取り持つというのは少し首をつっ込みすぎなのではないかと思います。ただ、古岡くんの気持ちを阻《はば》んでいるものが、自分の職業に対する劣等感なのであれば、大場くんに預けた封筒を古岡くんに開けてもらえれば、もう大丈夫なはずです。

ケンカの原因は作文の宿題だったのですね。

仲直りをさせるために呼び出した二人は、作文については何も言いませんでした。古岡くんは利恵さんに母親をバカにされたと言い、利恵さんは古岡くんに父親をバカにされたと言い、いつものことかと心を痛めながら聞いていたのですが、それ以前のわたしの配慮が足りなかったのですね。

あの子たちに家族についての作文を書かせるのは酷なことでした。しかし、一部の児童に考慮して、家族についてまったく触れずに学習をすることが正しいともわたしは思いません。いったい、何が正しいやり方なのでしょうか。ただ、これだけは言えるのは、家族の多様化を否定するわけではありませんが、やはり家族はかけがえのない存在であること、わたしは結婚してよかったということです。

ともに理解し合える人にめぐりあえるということは、人生における限りない財産です。それが、たとえほんの数年で終わってしまうにしても、心の中には永遠に残っていくのです。今さらこんなことを打ち明けるのは卑怯だと思われるかもしれませんが、主人はあの日、川に飛び込まなくても、翌年、紅葉を一緒に見に行けていたかどうかわからない健康状態でした。

会社員だった彼とお見合い結婚したのは、わたしが三十三歳のとき、彼が発病したのはその二年後で、会社を辞めました。二人で話し合い、残された日々を大切に過ごしていくことにしました。四季の移ろいを楽しみ、それぞれの季節に思い出を残していこうと。

また、彼は子どもが好きでした。

気付いてもらえたでしょうか。落ち葉拾いは、主人を子どもたちと一緒に楽しませるためのものだったのです。図工の授業のため、古岡くんと利恵さんの仲直りのため、クラスの中の貧しい子に祝日を楽しんでもらうため、そういった目的も確かにあったかもしれないけれど、一番は主人のためでした。

落ち葉拾いを手伝ってほしいと頼むと、彼は子どものようにはしゃぎ、せっかくだからピクニックにしようと、その日を楽しみにしていました。おいしい弁当を作るのだと、本を買ってきて、何日も前からお弁当の献立を考えていたくらいです。わが家の食卓がいつもあんなに豪華だったわけではないのですよ。

良隆くんが川に落ちたとき、泳げないのに飛び込んだのは、未来ある子どもの命を助けることに何のためらいもなかったからだと思います。

わたしたちの夫婦生活は七年で終わってしまったけれど、その七年があったおかげで今のわたしがあるのだと信じています。自分のせいで幸せになれていない子どもたちがいると主人が知れば、わたし以上に悲しむに違いありません。

六人全員が幸せになっていると主人に報告できるよう、あと二人もぜひお願いしたい気持ちもあるのですが、これで充分のような気もします。

やめてくれてもいいのですよ。

決して、無理をしないでくださいね。

竹沢真智子より

5

竹沢先生、お元気ですか？　ご主人のことを知り、あと二人、責任を持って報告しようと意気込んでいたのですが、少しあいだがあいてしまい、申し訳ございません。

次は利恵さんに会おうと、連絡先を古岡さんにメールで訊いたところ、「やっぱりおまえには教えない」と返信があり、それ以来着信拒否されているのです。

先に、生田良隆さんに連絡を取ることにしたのですが、これまた電話が繋がらず、真穂さんに訊くと、中学二年生のときに引っ越したそうで、連絡先を調べるのに手こずってしまいました。今までの四人がスムーズにいきすぎたのかもしれません。

生田さんの住所は、まず、生田さんのいたこちらの中学に電話をして転校先を教えてもらい、そこに当時の住所を問い合わせました。古岡さんのときのこともあり、職業は黙っておこうとしたのですが、今回ばかりは教師であることが役に立ちました。教えてもらった住所宛に手紙を書いたところ、そこはおばあさんの家で、良隆さんに転送してもらうことができました。

生田さんからはメールで連絡がありました。ひと言、会いたくない、と。竹沢先生から預かっているものがある、とメールを返すと、受け取りたくない、と返事が来ました、もうあの事故のことは思い出させないでくれ、と。

そこで僕は、メールで構わないので、良隆さんの今の生活を教えてもらえないか、と頼みました。ほんの数行でもいいから、先生にご報告できることがあればいいと思っていたのですが……。

メール本文には、これで最後にしてほしい、添付ファイルの内容を竹沢先生に知らせるかどうかはまかせる、と書いてありました。ファイルを開くと、そこには良隆さんの手記がありました。少し迷ったのですが、そのままコピーしたものを同封させていただきます。

僕はもう、生田良隆さんに直接会ってほしいと頼むのはやめようと思っています。

それで、いいですよね？

先生からお預かりした封筒は郵送するつもりです。

先生のお気遣いは有り難いのですが、ついに、あと一人です。

古岡さんを説得して、どうにかがんばってみますね。

大場敦史拝

竹沢真智子様

＊

父親の仕事の都合で、わたしは小学校四年生の春、県外からN＊＊市立S小学校に転校した。小学校に入って二度目の転校だった。

からだが小さく、運動が苦手だったわたしは、いつも教室の片隅で本を読みながら休み時間を過ごしていたが、それはまったく苦ではなかった。しかし、担任教師の目には、友だちのいない気の毒な児童に映ったようだ。

休み時間にクラスメイトとドッジボールをしていれば健全な子ども、教室に一人残っていれば問題児。まったく大きなお世話だ。

担任はまず、いつも一人でいるわたしに友人をあてがおうとした。それならば、本が好きな優等生にしてくれればいいものを、どうにかしてドッジボールに連れ出したかったのか、強引でケンカっ早い、当時の表現を用いるなら、ガキ大将に白羽の矢を立てた。

授業終了のチャイムが鳴ると同時に、外に飛び出していこうとする古岡という児童を呼び止めると、「良隆くんも連れていってあげて」と言った。そもそもこの言い方が間違っているのだ。みんなの輪の中に入りたいけれど、勇気を出せない児童の代わりに頼んでやったかのような。わたしがいつそんなことを頼んだ。教師から頼み事をされた古岡は得意げに「じゃあ、来いよ」とわたしに言うと、今度こそ、足を止めずに駆け出した。仕方なく、わたしは彼のあとからついていったが、以後、この図式は変わらないものとなる。

古岡と並んで歩いたことはない。いつも彼や彼の友人の後ろをわたしがついていく。それを満足そうに眺めている担任の顔を見ると、子ども心に反吐《へど》が出そうな気分になった。

一度ついていってしまうと、離れることは容易ではない。今日は本を読みたいと、外遊びを断ると、古岡はチッと舌打ちをして「つまんねーの」とつぶやいた。周りのヤツらもつまらなそうな顔になった。ここで一人残ると、明日からは誘われないだろう。そう思うと、ついていかざるをえなかった。最初に一人でいるのは嫌われていることではない。しかし、今一人になるのは嫌われているということだ。前の学校では、小さな誤解からクラスのリーダー格のヤツに嫌われてしまい、半年以上もイジメの標的にされた。外遊びは嫌いだが、イジメられるよりはマシだった。

そして、あの日がやってきた。

図工の時間に使う落ち葉を拾いに行こう、とわたしに声をかけてきたのは担任ではなく古岡だったと思う。古岡の意思なのか、担任に頼まれたのかは今でもわからない。休みの日まで外遊びというのはわたしを憂鬱にさせたが、断ることはできなかった。

だが、実際に参加してみると、それはとても楽しい時間だった。担任の旦那はもの静かな人で、わたしたちに木や虫の名前を教えてくれた。せっかく教えてくれているのに、古岡や津田はどんぐりをぶつけ合って遊んでいるし、女子は昨晩見たテレビの話をしているし、まったく失礼な態度だと思いながら熱心に説明を聞いていると、旦那はわたしに鳥の鳴き声の話をしてくれた。

「ききなし、って知ってるかい？　鳥の鳴き声を人間の言葉に置き換えることなんだ。ウグイスは、ほー法華経、メジロは、チルチルミチル、ホオジロは、一筆啓上仕《つかまつ》り候《そうろう》、ツバメは、地球地球、地球儀、なんてね」

午後からはダム公園で遊ぶことになった。バドミントンと川遊び、どちらも好きではなかったが、川遊びに旦那がついてきてくれることになり、またおもしろい話を聞けるんじゃないだろうかと、期待しながら川に向かった。だが、旦那は少し疲れたのか、僕はここに座ってるから、みんなで遊んでおいでと川縁《かわべり》の石にもたれるように座り込んだ。

一級河川に指定されている赤松川は登下校の最中見慣れていたし、放課後、何度か古岡たちと川遊びをしたこともあったが、そこは同じ川とは思えないくらい深かった。水の透明度は高く、川底の砂や石、川魚の姿も見えたが、同時に落ちてしまえば足が届かないということもよくわかった。落ちたら溺れる。泳げないわけではなかったが、流れる川は学校のプールとはまるで違うことを、ごうごうと水音を響かせ、わたしに告げていた。

そんな川の向こう岸に渡りたいと言い出したのは古岡だ。川幅は約五メートル、平べったい石が五十センチおきくらいにある箇所があり、あそこから渡ろうと言われてついていったものの、川縁に立っただけで足がすくんだ。

「やめとくよ」

勇気を出したひと言は、舌打ちにかき消された。大丈夫だ。ゆっくりと慎重に進めば大丈夫。そう自分に言い聞かせながら一歩ずつ足を踏み出していたところに、どこからか、鳥の鳴き声が響いた。何て言ったんだろう？　そう思って空を見上げた瞬間、右足を載せていた石が傾き、バランスを失ったわたしのからだは川の中へと沈んでいった。

目を覚ましたのは病院のベッドの上だ。よかった、よかった、と泣きじゃくる母親と父親の顔が見えた。流されていくわたしを抱きとめてくれたのは旦那だ。担任の顔が近くにあったのも憶えている。二人がわたしを助けてくれたのだ。ああ、よかった。わたしは再び目を閉じた。同じ病院で旦那が亡くなっていることなどつゆしらず、ききなしのことを思い出していた。

一筆啓上仕り候——。

旦那が死んだとわたしに伝えたのは父親だった。母親は「あなたのせいじゃないのよ」と何度も繰り返したが、繰り返されるたびに自分のせいだと言われているようだった。それは事実なのだ。わたしのせいで旦那は死んだ。

だが、わたしを責める人間は一人もいなかった。母親に付き添われて登校したときも、「助かってよかった」とは言われたが、誰も旦那についてはひと言も口にしなかった。クラスメイトも、担任もだ。旦那が死んだというのは両親の勘違いなのではないかと思うくらい、誰も口にしなかった。

両親は担任に詫び、担任は寛大な態度を示してくれたのだろう。「先生の旦那さんのぶんまでがんばらなきゃね」というのが母親の口癖となった。担任がそんなふうに言ったのかもしれない。だが、自分の人生をまっとうするのが精一杯な人間に、どう、他人のぶんまでがんばれというのだ。医者やレスキュー隊員といった、人命救助に携わる職業に就けばいいのか。だが、わたしには特別に抜きん出た能力があるわけではない。

勉強はそこそこ、運動は苦手、趣味は読書、自分だけの人生ならばこれで充分満足できる。だが、こんな人間を救うために命を落とした人がいるとなれば、その人の人生まで否定されかねない。救う価値のある人間、わたしはそうあらねばならないはずなのに。いっそ、あのとき、わたしが死んでいればよかったのだ。

どうにか入った三流大学にもほとんど通わず、自傷行為を繰り返し、失敗に終わるたびに、死ぬことすら許されないのかと、自分の存在を恨む。

ある日、ぼんやりと町を歩いていると、鳥の声がした。それにつられて空を見上げると、マンションの屋上に、柵を越えている女性の姿が見えた。何かに背中を押されるように近くの交番に駆け込み、事態はやや大袈裟にはなったが、女性は無事保護された。女性の夫だという人に、何度も何度もお礼を言われた。女性がなぜそのような行為にいたったのかはわからずじまいだが、わたしは一人分の命を助けたということになる。

これで、旦那のことは終わったことにしてもいいだろうか。

誰に訊ねることなく、わたしは自分に暗示をかけるように、もう終わったことだ、と繰り返した。旦那がそうさせてくれたのだ。だって、あのとき、鳥の声が聞こえたじゃないか。

それからのわたしは自分だけの人生を歩むようになった。事務用品を扱う小さな会社に就職し、休日には本を読んだり、散歩をする。この生活にとても満足している。

だからもう、あの事故のことはこれで終わりにしてほしい。

大場くんへ

お手紙、ありがとう。良隆くんの手記も、そのまま送ってくれてありがとう。

手記にもあったように、わたしは良隆くんのご両親に「主人のぶんまで良隆くんにがんばってもらえれば、主人もわたしも満足です」とお伝えしました。あのときは本当にそう願って口にしたのですが、一番言ってはならないことだったのですね。

良隆くんを追いつめてしまったのはわたしの責任です。けれど、彼が自分の力で立ち直り、堅実な人生を歩んでいることを知り、安心しました。一筆啓上仕り候、地球地球、地球儀、あの人は自然の声に耳を傾けることが好きだったのですが、あの日もそんなことを話していたのですね。きっと、とても楽しいピクニックだったのでしょうね。

これで思い残すことは何もありません。

利恵さんについては、近いうちに利恵さんの方から大場くんに連絡があると思います。もしかすると、この手紙が届く頃には、あの事故に関わった六人目として、利恵さんにもう会っているかもしれません。

大場くん、あなたには本当にお世話になりました。わたしはあなたにこんなお願いをしたことを、心から申し訳なく思っています。

どうやらわたしは最後まで、熱血教師のダメ先生だったようです。許してくださいね。

あなたのご活躍を心よりお祈りしています。

竹沢真智子より

6

竹沢真智子先生、おかげんはいかがですか？　これは、僕からの最後の報告の手紙です。

先生はお気付きだったかもしれませんが、一人目の真穂さんからずっと、僕は会話を録音していました。放送部の取材での習慣です。許可をもらって、と思ったのですが、そうすると本音で話してもらえそうになくて、申し訳ないと思いながら無断で録《と》らせてもらいました。

今回、録音はしていません。しかし、一字一句間違えずに再現する自信があります。それほどに、僕の頭の中には二人での会話がまだ詰まったままでいます。

先生は前回の手紙ですっかりと満足されたご様子でしたが、これは先生に報告しなければならないし、先生も知る義務があるのではないかと思います。

先生からお手紙をいただいたあと、僕は利恵さんからの連絡を待ちながらも、すっかりと日常生活に戻っていました。夏休み中の学校に出勤し、のんびりと部活動の指導や教材研究をして定時に帰る。五時過ぎに職場を出られるなんて、この月くらいです。そんなとき、彼女、僕の交際相手から、会いたいというメールが届きました。彼女は以前も書きましたが、県立病院の看護師をしていて、職員が交代で夏休みを取るからと、僕が夏休みに入ってからは忙しく、一日も会えてなかったので、喜んで返信しました。彼女と会うのはだいたい週末だったので、人目を避けるために、先日古岡さんと行った目立たない店を選んでいたのですが、久々に平日に会えるということで、おしゃれなイタリアンレストランでディナーをとることにしました。

実は前回会ったときに、「結婚も視野に入れてくれないかな、なんてね」などと、軽くプロポーズのようなことをしたのですが、「なんてね」がまずかったのか、「飲みすぎよ」とさらっと流され、そのままになっていました。

しかし、この約半月、僕は二十年前に事故に遭った同じ年の人たちの話を聞くにつれ、少しずつ自分の人生を見直すようになっていきました。過去に囚われず、今を生きるというのはどういうことなのか。過去と現在をどのように未来へと繋げていくべきなのか。それを真剣に考えると、改めて、真剣に彼女との未来を思い描くようになりました。

そして、先生のご主人に対する思いまで聞かせていただき、未来へと続く大切な決断をする場面で、「なんてね」などと、振られたときの逃げ道を作るべきではなかったのだということに気付かされ、反省しました。

地元の友人の紹介で出会った彼女とは、つきあい始めたときもなあなあでした。どちらから申し込むこともなく、なんとなく次の約束をして、会ったらまた次の約束をする。ケンカにならないのも当然です。もう一度、最初からやり直そうと決めました。結婚を前提にした交際を改めて申し込もう。そんな決意を込めて、約束の場所に向かいました。料理も事前に、店で一番高いコースの予約を入れました。

約束の時間通りに彼女はいつもよりドレスアップして現れ、僕はまるで初めての人に会うようにドキドキしました。

料理とワインが運ばれて、乾杯し、約三週間ぶりに会った僕たちは近況報告をし始めました。産婦人科で働いている彼女は、今週は出産ラッシュだったとか、双子が二組生まれたとか、そういうことを教えてくれました。もっとおかしなエピソードや、愚痴りたいこともありそうなのに、彼女は患者をちゃかしたり、否定するようなことを言ったことがありません。守秘義務をきちんと守っているのだと思います。

なので、僕も学校での当たり障りのないことを話そうとしたのですが、特に聞かせるようなこともなく、実は昔の恩師に頼まれて、その先生の二十年前の教え子に会いに行っていたのだ、ということをさらっと流す程度に話しました。

学校でのエピソードなど、特に事故や事件に関わりがありそうなことは、掘り下げて聞きたがる人がたくさんいますが、彼女に関しては、一度もそういうことはありませんでした。しかし、そのときは僕の話に強い興味を示したのです。

——どうして、二十年も前の教え子に今頃?

——先生は今年、定年退職されたんだけど、二十年前に六人の子どもたちと事故に遭っているんだ。その子たちが元気にしているか確かめてほしい、って。

——どうして、大場くんなの?

——僕は先生とずっと年賀状のやりとりをしているし、退職祝いも贈らせてもらったんだ。あと、N＊＊市に住んでるからってのもあるだろうし、一番の理由は、夏休み中は時間に余裕があることを知ってるからじゃないかな。

——そうなんだ。で、どんな事故だったの？

話していいのか迷いましたが、彼女なら口外することはないだろう、また、このあと結婚の話をするときに、この経験を通じて考えたことも彼女に伝えたいと思い、打ち明けることにしました。

——二十年前、先生は自分のクラスの児童を六人連れて、先生のご主人と一緒に赤松山に行ったんだ。図工の時間に使う落ち葉を拾いにね。そのあと、ダム公園でお弁当を食べて、二手に分かれて遊ぶことになった。先生と女の子三人は公園でバドミントンを、先生のご主人と男の子三人は川遊びを。そこで事故が起こったんだ。子どもが一人川に転落して、それを助けようとしたご主人が亡くなってしまった。

——先生には具体的に何を頼まれたの？

——六人それぞれに会って、今どうしているか報告してほしい。事故のことについてじゃなくて、六人があのときの事故を引きずらずに幸せになっているかを、先生はお知りになりたかったんだ。あと、それぞれの人に渡してほしいって封筒を預かった。

——みんなどうされてた？

——最初に会ったのは、事故現場まで行かずに通報した人なんだけど、料理の上手なご主人と幸せに暮らしてた。先生のご主人が作られた蕗味噌入りの焼きおにぎりの味が忘れられないって。二番目に会ったのは、子どもが川に落ちたことを先生に伝えに行った人で、東京の大手証券会社で働いている。彼の作った卵焼きを褒めてくれた女性と結婚するんだって。あの日を境に、他人からの好意を有り難く受け取ることにした、って言ってたよ。

三番目に会った人は、結婚して子どもが二人いて、三人目を妊娠中だった。事故現場まで行ったのに自分は何もできなかったことを悔やんでいたし、当時は先生に不信感も持っていたようだけど、今ならあのときのことが理解できるって。家族思いの頼れるお母さんってかんじだった。

四番目に会った人は、今も罪悪感を抱えてるんだ。自分のせいで事故が起こったって思い込んでる。好きな人がいるのに、職業や生活のことにまで引け目を感じていて、わざと冷たく突き放したり。鈍感な僕でも気付いたくらい、彼女のことを本当はものすごく大切に思ってるのに。

五番目の人は……、ごめん、聞きたくなかったかな、こんなこと。

半月間のことを思い出しながら夢中で話していた僕は、彼女が目を伏せていたことに気付いていませんでした。彼女はグラスに注がれた白ワインの表面をじっと見ているようで、僕は顔も見たくないほど軽蔑されてしまったのかもしれないと、あわてて取り繕おうとしました。

——おもしろがって話してるわけじゃないんだ。それぞれの人たちに会って、僕は教師としていろいろと考えさせられたし、将来のことも真剣に考えようと思った。自分にとって大切な人は誰なんだろうって。

——待って、わたしの方こそごめんなさい。大場くんが真剣に話してくれてるのに、ぼうっとしちゃって。聞きたくないんじゃないの。むしろ逆。一人一人の今を、わたしなりに想像していたの。五番目の人のことも教えて。

——五番目の人は、川に落ちた子で、直接は会えなかったんだ。でも、メールでこれまでの思いを綴った手記をもらった。彼は「亡くなったご主人のぶんまでがんばって生きる」という言葉に呪《じゅ》縛《ばく》されていたんだ。辛い毎日を送っていたけれど、ある日偶然、自殺しようとした人を助けることができて、これで終わったって。仕事をして、趣味を楽しんで、人生に満足してるって。

六人の中で一番苦しんだはずの人からこんなメッセージをもらえて、僕はすごく嬉しかったんだ。先生の心配も取り除かれたんじゃないかって。彼は先生のご主人との思い出に救われたところがあって、結果的に、先生を救ってあげたのはご主人なんだろうなとも思った。先生も手紙に書いてくれたんだ。ご主人との結婚生活はたった七年だったけど、あの七年があったから、今の自分がいるって。先生のご主人は事故で亡くなってしまったけど、実は病気であまり先は長くなかったんだって。それをわかったうえで、大切に毎日を過ごしてきたそうだよ。

だから、僕も人生を自分一人のものとしてじゃなく、誰かと築き上げていくものとして考えたんだ……と続ける前に、景気づけにワインを飲んだのですが、それを言い出すことはできませんでした。

彼女が泣いていたからです。彼女の心優しさに僕は感動していました。しかし。

——あの事故で、自分を一番追いつめているのは先生なんじゃないかな。

彼女がポツリとそう言ったのです。やはり、僕は竹沢先生を教師としてのみ捉えていたのだと思います。彼女に言われるまで、先生ご自身があの事故をどんなふうに受け止められているのか、考えてはいませんでした。

——先生はあのとき、妊娠していたんだって。でも、川に飛び込んだせいで流産してしまったの。

——え？

他人事として聞いていたはずの彼女が、どうして僕の知らないことを知っているのか。ぽかんと眺める僕に彼女が言いました。

――藤井利恵です。

――何言ってんのか、よく……。

――一人目は河合真穂、二人目は津田武之、三人目は根元沙織、四人目は古岡辰弥、五人目は生田良隆、でしょ？　わたしは六人目として、ここに呼ばれたんじゃないの？

彼女を六人目としてここに呼んだ？　とんでもない。驚きのあまり声が出ず、僕は首をぶんぶんと横に振りました。

――じゃあ、どうしてわたしには連絡がなかったの？

――先生からもらった連絡先に電話をかけても繋がらなくて、念のために、住所にあったアパートを訪ねたら、それ自体がなくなっていたんだ。それに、いや、うん、それだけ。

先生からの名簿を見たとき、藤井利恵という名に目は留まっても、それが僕の彼女、山野梨恵であるなんて、想像すらしませんでした。名字も名前の漢字も違うのだから当然です。「トシエ」と読むのかと思っていたので、他の五人の話の中に「リエ」という名前が出てきて、そうだったのかと少し親近感を持ったくらいです。

梨恵の両親は、彼女が小学六年生のときに離婚し、藤井姓から山野姓に変わったということです。名前の方は、利という字が父親の名前の一文字からとったもので、名字が変わった際に、母親の意向で漢字の表記も変えたのだそうです。普段は「梨恵」と書いていますが、その場で見せられた免許証の名前は「利恵」のままでした。

彼女の連絡先を知ることができなかったもう一つの理由、古岡さんが僕に教えてくれなかったのは、もしかすると、僕より先に真相に気付いたからではないかと思います。古岡さんと話しているとき、彼が「利恵、利恵」と呼び捨てするのが耳についたのですが、まさに梨恵のことを言っていたとは。古岡さんとの会話が断片的に頭に浮かんできました。

医者か公務員と結婚しろ。……僕に梨恵を紹介してくれた友人も、僕に古岡さんの連絡先を教えてくれた友人も、そういえば、同じ高校ではなかったか。

利恵さんは古岡くんのことが好きだと思うよ。……僕はそんなことを言わなかったか。

古岡さんに冷たく突き放された利恵さん＝梨恵は、友人に紹介してもらった公務員とつきあうことにした。それが、僕だったのです。先生が前回の手紙で僕に謝られていた理由もわかりました。

それよりも、僕は自分に対して後悔しました。

僕は余計なことをしゃべってしまったんじゃないか。古岡さんが好きな人をわざと突き放したと。それが梨恵だということは、彼女自身、きっとわかっているはずだ。だから、考え込んでいたんだ。

梨恵の気持ちは僕と古岡さん、どちらにあるのだろう。古岡さんはケンカをよくすると言っていた。それほどに、彼女は古岡さんには気を許しているということだろうか。だが、それは一緒に過ごした年月の違いだ。

僕と二人で行くあの店を、古岡さんに教えたのも梨恵だろうか。

考えれば考えるほどマイナス思考になっていくので、僕は頭を振り、違う質問をしました。

——竹沢先生が妊娠していたっていうのは、本当なの？　誰もそんなこと、言ってなかったけど。

——本当よ。わたしのお母さんも県立病院の看護師をしていたの。良隆くんと先生のご主人が救急車で運ばれてきて、先生も救急車から降りてきたんだけど、そのときはもうかなり出血してたらしくて、間に合わなかったんだって。

——同じ日に、子どもまで亡くすなんて……。

——先生のご主人がご病気だったなんて、わたしはそっちを知らなかった。それを聞いて、先生は川に飛び込んだことを悔やんでいるんじゃないかって思ったの。ご主人の血を引く子どもを自分もほしかっただろうし、ご主人のためにも産んであげたかったんじゃないかな。

先生の手紙の中に、ご自身を責めているような表現が何度かありましたが、それらの意図することがようやくわかりました。事故のことを思い出して一番辛い思いをされるのは先生のはずです。

それなのに、どうして先生は僕に六人の子どもたちに会うように頼まれたのですか？

——梨恵ちゃんのことは、何て報告すればいいのかな。

——わたしのこと？

——六人全員の報告をするって、先生に約束したから。事故のことはいい、今、梨恵ちゃんが幸せかどうか、それを知ることができたら、それで。

古岡さんは、利恵も罪悪感を抱いている、と言っていましたが、僕は彼の言葉で梨恵の今を知りたくはありませんでした。抱えているものがあるのなら、僕の前で吐露してほしい。僕は事故のこともよく知っているし、それぞれの子どもが今どうしているかも知っている。何を言われても、すべて受け止められる自信がありました。それなのに。

——看護師の仕事をがんばってるって伝えて。

——それだけ？　僕とつきあってることは？　実は六人目は僕の彼女でしたって、先生に報告するのはアリなのかな？

——それは……わからない。

——僕は今日、梨恵ちゃんに改めて、結婚を前提とした交際を申し込もうと決めて、ここに来たんだ。藤井利恵じゃない、山野梨恵に会うために。事故に遭遇した人たちに会って、僕も自分の人生や大切な人のことを考えた。梨恵ちゃんと一緒に幸せになりたいって思ったんだ。

——ごめんなさい。山野梨恵として、事故のことを聞く前にそう言われてたら、すごく嬉しかった。でも……。

——古岡くん？

梨恵は申し訳なさそうに、小さく頷きました。

——彼といても、幸せになれないよ。梨恵ちゃんや古岡くんの抱いている罪悪感のもとになっているのは、客観的に考えると、それほど自分を追いつめなくてもいいはずのものなんだ。真穂さんや津田さんや沙織さんが抱いていたのと同程度の。三人はそれぞれあの事故への思いをとっくに昇華させているのに、梨恵ちゃんと古岡くんはどうしてまだ引きずっているのか、わかってる？　二人で一緒にいたからだ。それも、お互い自分が悪い、いや自分の方が悪い、って言い合ってるから、昇華できないどころか、小さな罪悪感がどんどん肥大していったんだ。それを、この先も続けたいの？　それが、古岡くんのためになるとでも思ってるの？

二人が不幸ごっこを楽しむのは勝手だけど、そんなの先生に対して失礼だよ！

あのときは僕は正しいことを言っていると思いながら、感情のすべてを梨恵にぶつけました。が、今こうして文章に起こしてみると、ただの脅迫でしかありません。だから、彼女は怯《おび》えたように僕を見つめ、黙って店を出ていったのでしょう。何も言わずに、古岡さんの気持ちを確認しに行かせてあげていれば、同じ失恋するにしても、「僕ってお人好しだな」などとぼやきながら、どこかさっぱりとした気持ちが残っていたんじゃないかと思います。

先生は、六人目の藤井利恵さんが、僕の彼女、山野梨恵だということを、ご存じだったのですね。だから、利恵さんの方から連絡がある、と手紙に書かれていたのですね。それはいつからですか？　最初からわかっていたのだとしたら、何故、僕に今回のことを頼んだのでしょう？　これが先生の望まれた結果なのですか？

……八つ当たりですね、こんなの。

先生を責める気持ちはまったくありません。僕と梨恵とは今回の件がなくても、いずれ破局を迎えていたのではないかと思います。

先生は自分と同じ職業に就いた僕に、教師として、人として、大切なものを教えようとした。僕は先生のご依頼を果たすことができ、先生は安心して教員生活に区切りをつけることができた。

そう思わせてください。

一日も早い先生のご回復を、心よりお祈り申し上げます。

大場敦史拝

竹沢真智子様

追伸　先生からお預かりしている藤井利恵宛の封筒を渡せずじまいでいます。彼女は昔から母親と同じ看護師になりたかったそうですし、夢を叶えているので、もういいですよね。

大場くんへ

手紙を読みました。利恵さんに会われたのですね。

わたしの依頼があなたを傷つける結果になってしまったことを、心から申し訳なく思っています。

ただ、手紙を読んだだけではよくわからないので、一つだけ確認をさせてください。利恵さんは別れの言葉をあなたに告げたのでしょうか？　もしも、利恵さんがあの場を黙って去ってしまったことで、あなたが彼女とは終わったと判断されているのなら、利恵さん宛の封筒を、大場くん、あなたが開封してください。

大場くんにお願いをする十日前に、わたしに届いた手紙です。

大場くんが六人のうちの一人として利恵さんに会ったあとで、これを二人で一緒に読んでもらえたらと思っていました。

他の人たちに宛てた封筒には、あなたが真穂さんや津田くんに見せてもらったのと同じ、将来の夢を書いた作文と絵を入れていました。年度末に返却しそびれたまま、処分できずに二十年間持っていたのです。沙織さんと良隆くんが何を書いていたのかは、本人のみぞ知るところとしてください。

古岡くんはみんなが学校に近道できるように、赤松川にいっぱい橋をかけたいと書いてありました。

わたしは作文を書かせることはできても、夢を叶えてあげることはできません。大切な教え子たちがみな、幸せになることを、遠くからただ祈れるのみです。

あの事故に関わった六人だけでなく、大場くんの幸せも願っています。

わたしの子どもは教え子たち全員。残りの人生をそう思いながら過ごすことを、許してくださいね。

それでは、さようなら。

竹沢真智子より

0

竹沢真智子先生

ご退職おめでとうございます。

今日は、先生にご相談したいことがあり、お手紙を書かせていただきました。年賀状しかよこさないくせに、今さらなんだと迷惑に思われているかもしれません。しかし、どうしても、先生にご相談し、お許しをいただきたいことがあるのです。

竹沢先生、わたしには結婚する資格があるのでしょうか？

わたしは子どもの頃から、一生結婚なんかしない、と心に誓っていました。それは、両親の関係が良好でなかったからだということは、当時のわたしの家庭をご存じの先生なら理解していただけるのではないかと思います。

小さなケガをきっかけに仕事を辞めた父親は、酒浸りになり、自分の不運を呪う言葉を口にしながら、毎日のように母親に手をあげていました。母親はそんな父親にされるがままで、わたしにはなぜ母親が抵抗しないのかが、不思議でたまりませんでした。

父親はわたしに手をあげることはほとんどありませんでしたが、もしそんなことになってもどうせ誰も助けてくれないのだから、強い自分であろうと心に誓っていたのです。男というだけでいばっている存在を許すことができず、学校でもしょっちゅう、男子と張り合っていました。それが原因で、辰弥とケンカをし……これについては何も書きません。

わたしは先生に謝り続けることが自分の償いだと思い、毎年、年賀状に反省の気持ちを書き続けていました。しかし、これが逆に先生の心を痛めているのではないかと気付いたのは、社会人になってからです。それを詫びると先生はさらに気にされる、そう思い、何事もなかったかのように楽しい報告を毎年書くようになりました。

ある年いきなり年賀状の内容が様変わりしたのは、そういう事情があったのです。気付けなかったことは他にもあります。

母親は県立病院の看護師をしていました。同じ職業に就いてみてわかったことなのですが、県立病院では正規雇用の看護師には必ず、週に二、三回、夜勤がまわってきます。しかし、母親が夜家にいなかったという記憶はあまりありません。もしかすると、父親からわたしを守るために努めて夜勤を入れないようにしていたのかもしれません。本人に訊いて確認できればいいのですが、その事実に思い当たったときにはもう、母親は亡くなっていました。

世の中には、手遅れにならないうちに、気付かなければならないことがたくさんある。そう考えるようになってから一番気になっていたのは辰弥のことです。

わたしたちは一人っ子同士の幼なじみで、家庭環境も似たり寄ったりだったので、きょうだいのような関係だったのですが、男子よりも優位に立とうとしていたわたしは、同じ年の彼に姉のように振る舞っていました。

宿題もうやった？　が口癖だったと思います。そのせいで彼を傷つけてしまったとわかったときは、男だ女だと言いながら、人より優位に立とうと思う気持ちは父親と一緒ではないかと、悲しくて泣くことしかできませんでした。

事故が起こったのはわたしの虚栄心のせいだ。わたしはそんな罪悪感を持ち続けていました。と同時に、辰弥もまた、事故は自分のせいで起こったと思っているのです。自分が良隆くんを向こう岸に渡ろうと誘ったから、自分がケンカをしたから。そう言われると今度はわたしが、そもそもの原因はわたしが作文の宿題のことをえらそうに訊いたから、となり、自分のせいだ、の堂々巡りになっていくのです。

わたしも辰弥も本心でそう思っていたはずです。しかし、意識しないところで、それが心地よくもあったのではないかと思います。自分の努力が足りなくてうまくいかないことを、幸せになってはいけないという罪悪感がそうさせたのだと、免罪符のように扱っていたところがなかったと言いきることはできません。

わたしたちは長い間、この免罪符を失わないために、つかず離れずの距離を保って一緒に過ごしてきたのだと思います。それを愛だと信じていた時期もありましたが、結婚したいと思ったことはありません。

免罪符を捨てなければならない。そう思いながらも、切り出せずにいると、ある日突然、辰弥の方からわたしを突き放してきました。罪悪感に浸っていたのはわたしだけで、彼はわたしにつきあって罪悪感を抱き続けているふりをしてくれていたのだと思います。けれど、それにもう嫌気がさして、わたしを捨てることにしたのでしょう。

捨てようと思っていた人に捨てられたという事実に、わたしはショックを受けました。いったいどこまで自尊心が強いのかと、先生はあきれていらっしゃるかもしれません。

辰弥に言われた「医者か公務員と結婚しろ」という捨て台詞に対抗するように、友人に「誰でもいいから公務員を紹介してほしい」と頼みました。医者は職場で好ましくない場面をよく目にしているせいか、プライベートで会いたいとは思えないのです。すると、親切な友人は知人を介して、本当に公務員を紹介してくれました。

大場敦史さんという、同じ年で、N＊＊市内の高校の社会科の教師をしている人です。

初めて彼に会ったとき、わたしは……先生のご主人を思い出しました。事故のことにはふれないでおこうとするあまり、あの日楽しかったことまで、今まで先生にお伝えできずにいたのですが、落ち葉拾いのピクニック、わたしは本当に楽しかったのです。

先生のご主人はものすごく優しい人で、明るくてきぱきとした先生ととてもお似合いだと思いました。お弁当をご主人が作ってくれたことにも驚きました。世の中にはこういう男の人もいるのかと子ども心に感激し、こんな優しい人となら結婚してみたいなあ、とませたことを考えたりもしていました。

そんなことはすっかり、頭の奥に封印していたはずなのに、彼と一緒にいると、少しずつ、あの日の楽しかったことを思い出していくのです。顔も似ていないし、手料理をごちそうになったわけでもないのに、不思議でした。

彼はわたしが何を言っても、どんな態度をとっても許してくれそうで、これまでのわたしの人生をすべて聞いてもらいたいような衝動に駆られるのですが、それをしてしまうことは免罪符を使うのと同じことだと思うのです。

聞いて、聞いて、とわたしの育った家庭環境や、あの事故のことを話すと、優しい彼はわたしのことをさほど好きでもないのに、受け入れようとするのではないか。それはとても卑怯なことではないのか。一つ話すと歯止めがきかなくなりそうで、いつも当たり障りのないことばかり話しています。

それなのに、先日、彼から「結婚」という言葉が出ました。語尾を曖昧に誤魔化《ごまか》されたのを幸いに、わたしも誤魔化してみたのですが、本当はすごく嬉しかった。

しかし、結婚となると、わたしは彼にすべてを話さなければならないと思うのです。結婚したあとで打ち明けるのはさらに卑怯な気がしますから。

同情されずに、彼に事故のことを知ってもらう方法はないでしょうか？

そもそも、こんなわたしが結婚などしてもいいのでしょうか？

先生。わたしはどうすればいいのでしょうか？

先生に甘えることなど許される立場ではありませんが、どうか一度だけ、できの悪い子どもだと思って、このような相談をさせていただいたことを、お許しください。

全部書ききると、先生に読んでいただけると思っただけで、どうにかやっていけそうな気もしてきました。

竹沢先生、どうぞお元気で!

山野梨恵より

7

竹沢真智子先生へ

先生、おからだの具合はいかがですか? 盆休みに彼女と二人で、先生のお見舞いに大阪まで行かせてもらいたいと思います。

それでは、また。

十五年後の補習

純一さまへ

書き出しはこれでいいのかな？　拝啓や前略は堅苦しく、かといって、親愛なる純一さま、では、気持ちとしては間違っていないけれど、文字にしてみるとなんともいえず恥ずかしく、こんなふうにしてみました。——なんて、これでとまどっているようじゃダメですね。わたしがあなたに無理を言って、文通をすることになったのに。

形に残る二人の思い出が欲しいから、とあなたには言いましたが、そんなことを思ったきっかけは、伯母に見せてもらった、結婚前に伯父からもらったという手紙です。

手紙には、「愛している」はもちろんのこと、「きみのいる冬は、きみのいない春よりも、なんと暖かく、僕の世界を花で満ち溢れさせていることか」といった情熱的な文章が惜しみなく出てきました。読んでいるこちらが気恥ずかしくなりそうでしたが、伯母が「素敵でしょ」と堂々と自慢するので、本当にうらやましく思ったのです。

伯母が書いたものも一通だけ見せてもらいました。自分のを見せるのは照れくさかったようです。でも、素敵でした。です・ます調でどこか距離をおいたふうなのに、伯父のことを「あなた」と呼びかけている文章は、尊敬と愛情がほどよく込められているようで、わたしもこんな手紙をあなたに書いてみたいと思いました。

がんばっているけど、「あなた」と呼びかけることにも、です・ます調にも苦戦しています。

昔の人の方が、ロマンチストなのかな。

最初から完璧な手紙を書くのは難しいけれど、レターセットとペンを用意して、周りの音を消して机に向かうと、メールを打つときとは違う気分で、自分の気持ちを表現できそうな気がします。しかも、手紙を書くという行為は、改めてわたしに、あなたとの正しい距離と時間を認識させてくれます。

例えば今から、「何しているの？」とあなたにメールを送れば、五分も経たずに、「寝ていました」とか「本を読んでいました」とか返信があるかもしれない。そうなると、わたしはあなたの声を聞きたくなる。電話をかけて、今日のささやかな出来事をあなたに報告し、あなたはそれに対して、わたしが一番欲しい言葉を返してくれる。すると今度は、わたしはあなたに会いたくなる。

これまでなら、今すぐ会いたいと、電車に乗ってあなたのマンションに向かうことができたし、ほとんどの場合は、危ないからと、あなたの方が私のマンションに来てくれた。会えない場合は、じゃあ明日会おうとか、週末に会おうとか、約束をして、おやすみの言葉を交わし、その日を終えた。

でも今は、同じ展開になっても、あなたに会うことはできない。約束をするにしても、数日以内でというわけにはいかない。確実に会えるのは二年後。わたしは悲しくて、電話口で泣いてしまうかもしれないし、電話を切ったあと、寂しい気持ちをストレートにぶつける内容のメールを送ってしまうかもしれない。それらは、あなたを困らせるだけ。

携帯電話で繋がっていると感じることができるのは、会いたいときに会える距離や状況にいる人たちだけなのかもしれません。——今、あなたが眉をひそめて辛そうな表情になったのが、想像できてしまいました。ごめんなさい。

空港であなたを笑顔で見送ったあと、帰りのバスの中で泣いてしまったことはここで白状するけれど、それ以来、一度も泣いていないので、安心してください。

話がそれてしまったけど、手紙なら、今すぐ期待することはないでしょ？

しかも、エアメール。初めての体験にわくわくしています。

文具店の店員さんに教えてもらったのですが、外国に手紙を送るからといって、青と赤の縁取りのついたエアメール用のレターセットを使う必要はないのですね。封筒に赤ペンで「Air Mail」と書いておけば大丈夫だって知っていましたか？——知ってるよね。苦笑する顔も想像できてしまいました。でも、桜の模様のレターセット、ステキでしょ？

この手紙が届くのにどのくらいかかるのかな？　一週間から十日、もっとでしょうか。あなたからの返事が届くまでの日数も考えなければなりません。

これが、今のわたしたちの距離と時間なんだよね。

そうなると、今日の何気ない出来事や、一時的な感情を書くわけにはいきません。課長の浮気が奥さんにばれたとか、他人のどうでもいいことを書いている場合でもないと思います。近くにいたときは、メールに何て書こうとか、あなたと会ったら何を話そうとか、考えたこともありませんでした。そのとき思いついたことだけ。

大人になってから出会ったのなら、これを機に、お互いのことを知り合うため、子どもの頃や学生の頃のことを書くのもありだけど、中学生の頃からつきあってるんだものね。今さら知り合うことなんてあるのかな。

やっぱり、手紙だからといって特別なことを書こうと思わずに、今の気持ちをストレートに書くことにします。

一番知りたいことは、あなたが元気かということと、あなたの新しい生活のこと。

あなたから、国際ボランティア隊としてP国に二年間赴任することが決まった、と聞いたときのことは今でも忘れられません。何せ、説明会に参加して、一次試験と二次試験を受けて、合格通知をもらうという、半年がかりの行程を辿っていたにもかかわらず、全部わたしに内緒にしていたのだから。気付かなかったわたしが鈍感なのではなく、あなたが巧妙に隠していたよね。

大切な話があるからと、誕生日にも連れていってくれたことがないような素敵なお店に案内されたときは、指輪を差し出されるのではないかと予想していたのですが、まさか、国際ボランティア隊に決まった報告だったなんて。

それを目指していたことを知っていたら、「おめでとう」と言うことができたけれど、あのときのわたしは、あなたの言葉を理解するのにひどく時間をかけてしまいました。

あなたの口から、国際協力やボランティアといった言葉が出てきたことは一度もなかったから、そういうことに興味があると知らなかったし、それ以前に、海外旅行に興味がなく、パスポートも持っていないあなたの口から、なじみのない国の名前が出てきて、そこに二年間赴任すると言われても、まったくリアリティを持ってわたしの中に入ってきませんでした。

だから何？　といった心境に近かったと思います。わたしに何を伝えたいのだろう。

——それは、わたしたちは今日で終わりっていうこと？

わたしは冷静に考えてそう言ったのに、あなたは、どうしてそういう解釈になるのだ、と困ったような、あきれたような、少し怒ってもいるような、そんな顔をして、二年間など、これまで一緒に積み重ねてきた年月とその後の長い人生とを考えれば、ほんの一瞬に過ぎない、ということをわたしに言い聞かせてくれましたね。

それでも不安だというなら赴任前に入籍しよう、とも。

結婚ではなく、入籍。最初の予感は当たらずとも遠からじでしたが、話がそちらの方にいってしまったので、あのとき訊けなかったこともいくつかあります。

あなたがなぜ、国際ボランティア隊に参加しようと思ったのか。なぜ、わたしに内緒にしていたのか。そして——。

あなたの決断に、「あの出来事」が影響しているのか。

手紙を書いて気付くことって、本当にいろいろありますね。あれから十五年も経っていたなんて。もう、過去の出来事ですよね。

あなたが国際ボランティア隊に参加しようと思ったのは、三十歳を目前に、この先の人生について考えることがあったからかもしれません。

あなたと会えなくなって、ぽっかりと穴のあいたような時間ができてしまいました。仕事中は、ゆっくり休む時間が欲しい、本を読む時間が欲しい、エステに行きたい、などとやりたいことがたくさん浮かんでくるのに、マンションに帰り、部屋の中でぽつんと一人でいると、昼間、わたしは何をやりたいと思っていたのだろうと、ぼんやり天井を眺めているうちに、時間が経ってしまいます。


何にも追われることのない生活はとても幸せだと思うけど、平均寿命まで生きられるとして、まだ半分もきていないのに、受け身の人生なんて、なんだかもったいないよね。あなたも、そんな気持ちになったのかな?


料理教室や英会話教室に通ってみるのもいいかなと考えています。

ああ、こんなことを書かずに、内緒で習いに行けばいいんだよね。そして、突然、あなたに会いに行って、現地の人たちとぺらぺらで会話をして、あなたを驚かせたり、帰国したあなたに「和食が恋しかったでしょ?」と手作りの、しかもプロ顔負けの懐石料理を出して、あなたを驚かせたり。

だから、あなたは内緒で試験を受けたのですね。わたしを驚かせるために。

当たってる?

でも、残念ながら、あなたもよくわかっているように、わたしは隠し事をするのがとても苦手です。そういう意味では、わたしがあなたを驚かせたことは一度もありませんね。

あなたはわたしのことを何でも知っていて、わたしはあなたのことを——どうなんだろう。ここまでてきて、急に自信がなくなりました。

この距離と時間は、改めて、あなたを知るためにあるのかもしれません。

何はともあれ、健康第一です。

体に気をつけて、がんばってください。

追伸　切手代は九十円。あなたのマンションまで行く電車代より安いなんて！

四月五日　　　　　　　　　万里子より

*

親愛なる万里子へ

きみがためらった一文で始めてみました。

確かに、日本で書けと言われたら、抵抗があるかもしれない。ましてや、メールの冒頭につけろと言われたら、受け取るきみの方も何かの罰ゲームじゃないかと思いそうだ。だが、ろうそくの灯りのもとで書く手紙には、親愛なるどころか、もっとクサイ言葉もつけられる気がするよ。

僕のいる海辺の村は電気が通っていないほど、文明から取り残されたところじゃない。ただ、先週、サイクロンがこの村を直撃したせいで、それ以来ずっと停電が続いている。おかげで、最初に憶えた現地の言葉が「停電」だ。それほど大規模な被害ではなかったから、日本なら翌日にでも復旧するのだろうが、ここじゃ、いつになるのかわからない。

去年まで、この村には電子機器隊員がいて、手前の村まで来ていた電線をこの村まで引っ張ってきたのはその人らしい。そのせいか、この村の人たちは、日本人はみなそういった作業ができると思っているらしく、僕のところに「早く直してくれ」と言いに来たり、「いつ直るのだ」と訊ねに来たりする人たちがたくさんいる。壊れたラジオを持ってこられたこともある。

僕は電子機器に関する技術を持っていない。そう言うと、がっかりした顔はたまにされるが、怒り出す人はいない。「じゃあ、おまえも来たばかりなのに大変だな」とニカッと笑って帰っていく。中には、食べ物を届けてくれる人もいるくらいだ。そもそも、電気が使えないことを、村人たちはあまり気にしていないように見える。

そんな大らかでのんびりとしたところがあるのに、夜間外出禁止令が出されているなんて、理解に苦しむところはあるが、今のところはなんとか楽しく過ごしているよ。

僕が国際ボランティア隊の試験を受けることを、きみに相談しなかったのは、内緒にしようと思ったからではなく、僕自身がどっちつかずの気持ちでいたからだ。国際ボランティア隊に受かった人たちのほとんどが、強い意志を持って試験を受けた、と言っていたが、僕は是が非でもこれに参加するのだ、というほどではなかった。

もしかすると、きっかけを作ったのはきみかもしれない。

二人で映画に行く約束をしていたのに、きみが突然来られなくなった日のことを憶えてる？　職場の友だちがダンナから暴力を受けていて、その相談をするために法律事務所に連れていってあげることになった、という理由だったはずだ。

あの日、僕は早い時間からマンションを出ていた。きみからの電話を受けたのは、電車の中で、このタイミングですっぽかすなよ、と少し腹を立てたりもした。話題の映画を初日に見たいと言い出したのはきみだったし、そのために僕は、前日徹夜をして仕事を片付けたのだから。

しかも、きみ自身に何か起こったわけではない。

きみと見る予定だったベタベタに甘いラブストーリーを一人で見る勇気はなく、かといって他に見たい作品もなく、さてどうしよう、と思いながら駅に着いたところで、掲示板に貼られていた一枚のポスターに目が留まった。渇いた大地に生えた大きな木の下で、日本人の男性が小さな黒板を片手に、黒人の子どもたちに授業をしている風景。国際ボランティア隊募集のポスターだった。

国際ボランティア隊の存在はCMで知っていたが、具体的にどういったことをするのかは知らず、漠然と、井戸を掘ったり木を植えたりする、というイメージしか持っていなかったから、この青空教室の風景は少し興味深かった。しかも、黒板に書かれていたのはかけ算の数式だ。僕はそのとき、途上国の子どもでもこんな勉強をするのかと驚いた。とんだ偏見だときみにあきれられるかもしれない。あなたの職業は何なのだ、と。

どこで生きていくにも、数字は必要だろうし、数をかぞえることもあるだろうし、足し算や引き算だけでなく、かけ算が必要になることもあるかもしれない。五人の子どもにりんごを二個ずつ配るには全部で何個必要かという場面が出てくるかもしれない。

だが、そこに書かれていたのは「５×０＝０」という数式だった。どんな数字であろうと、ゼロをかければ答えはゼロだということは、僕たちは当たり前のように習ってきたが、果たしてそれは、限られた環境の中でしか勉強できない子どもたちにも教えなければならないことなのか。実生活のどの場面で役に立つのか。

そんなことを考えながらポスターを見ていると、下の方に説明会が実施されると書いてあった。場所は僕たちが行く予定だった映画館の向かいにあるビルの一室で、日時もその日、その時間だった。僕はなにげない気分で、説明会に参加してみることにした。

それが、現地点に至るまでの第一歩だ。

だからといって、きみがこの距離と時間を寂しく感じているとして、あの日約束を守れていれば、とは思わないでほしい。僕たちには、お互いの気持ちを確認し合う距離と時間がどこかで必要だったのだから。

それが、偶然、あの事件から十五年というタイミングで訪れただけだ。

説明会が始まるまでのあいだ、僕は手近な喫茶店に入って時間をつぶしながら、きみのことを考えていた。

僕の友人はきみに会うと、僕のことをうらやましがった。僕の後ろに隠れるように、半歩下がってついてくるきみは、小さくてかわいくて、いつもニコニコ笑っていて、おまけに何をするときも僕に相談し、言うことを素直に受け入れる。それがたまらなく魅力的なのだそうだ。

僕もきみに心の底から頼られていると信じきっていた。

もしも、あの日のキャンセルの理由が別のことであれば、僕は暇つぶしに説明会に参加したとしても、申し込もうとは思わなかっただろう。二年間もきみを一人きりにしておくなんて、心配でたまらないからだ。きみは僕がいないと何もできない。自信を持って断言できるくらい、僕はずっときみを守ってきたと思い込んでいた。

そんなきみが、ダンナから暴力を受けている友人を、法律事務所に連れていくという。余計なことをしたと、ダンナから逆恨みをされたらどうするのだ。その友人には相談できる身内はいないのか。まずはきみの身を案じた。

そういう友人がいたのなら、なんで俺にひと言も相談しなかったんだ。次第に不満が込み上げ、――十五年前のことを思い出した。

ここからは、きみとの約束を少し破ることになるかもしれない。

中二の二学期、学校の自転車置き場での出来事だ。一樹が康孝を殴っていた。それを数人の生徒が取り囲んで眺めていた。僕はその中の一人だった。

――永田くん、どうして止めないの?

僕の制服の袖を後ろから遠慮がちに引っ張り、消え入るような声でそう言った子がいた。きみだ。

――谷口さんには、関係ない。

僕は冷たく返した。すると、きみは輪の中心に飛び込んで、大きな声で叫んだ。

――こんなことやめて！　殴る人も、黙って見てる人も、みんなクズよ。こんなことして、恥ずかしいって思わないの？

きみは一樹を見て、康孝を見て、二人を取り囲んでいるヤツらを見て、そして最後に、僕を見た。あのとき僕は、この中で一番軽蔑されているのは俺だ、と確信した。

きみはこの頃の記憶が抜け落ちているが、僕に助けを求めても仕方がないと軽蔑したことは、頭の奥のどこかに残っているのではないか。だから、暴力を振るわれた友人のことを僕に相談しなかった。

きみは弱くも頼りなくもない。誰よりも正義感が強く、勇気があるということを、どうして僕は忘れていたのだろう。たった一度、きみを助けたというだけで。

その恩で、きみは僕を立ててくれているだけで、実は、頼ってなどいない。

そんな思いを抱いたまま、説明会に向かうと、会場には百人を超える人たちが集まっていた。国際ボランティア隊に興味を持つ人がこんなにもいることに驚いた。まずは、国際ボランティア隊全般についての説明があり、その後、帰国した隊員の体験談をいくつか聞いた。ユーモアや感動的なエピソードを交えながら現地での活動を語る彼、彼女らは、みな正義感が強く勇気がある人に見えた。ヒーロー番組の主人公になれそうな暑苦しさを醸し出していたわけではない。挫折したエピソードも聞かされた。

だが、どの人も、あのとき飛び込んでいったきみと同じ目をしていた。

僕はどんな目をしているのだろう。この人たちと同じ経験をすれば、僕も同じ目になれるだろうか。

実は、その日、早めにマンションを出たのは、指輪を買うためだった。出会って一年足らずで結婚したという友人の結婚式に出席した際、おまえはどうして彼女と結婚しないのだと訊かれ、なぜだろうと逆に考えた。あまりにも長く一緒にいすぎて、結婚を考えるタイミングを完全に外してしまったのでは、と僕は痛感し、三十歳になる前に、という口実で、きみに結婚を申し込もうと思っていた。

しかし、説明会に参加したあとの僕は、きみの目を思い出した僕は、同じ目をしていない僕は、きみにそんなことをする資格はないように思えた。

同じ目になりたい。その気持ちだけで願書を出し、一次の筆記試験を受け、二次の面接を受け、合格通知を受け取って、やっと少し自分に自信が持てるようになり、きみに報告した。

まさか、別れ話だと受け取られるとは思ってもいなかった。動揺してうまく説明できないまま、その場で思いついたように、「入籍しよう」なんて言ってしまったが、「待ってる」と言ってくれたきみを抱きしめながら、もっと強い人間になって一生きみを守りたい、とあの日改めて誓ったことは伝えておきたいと思う。

合格を辞退して、これまで通りきみのそばにいたいとも思った。だが、冷静に考えれば、国際ボランティア隊の試験に受かったからといって、僕の内面が何か変わったわけではない。

二年間、自分の限界に挑むことができれば、僕はきみを一生守ることができる。

そんな決意を込めて、P国に赴任してきたが、ここでの僕の仕事は、村の学校に通う子どもたちに数学と理科を教えることで、挑むべき限界とは何なのか、今はまだゴールとなる目標を模索中だ。

遊びにおいで、と気軽に言えるようなところではないが、窓の外に広がる満天の星をいつかきみと一緒に見たい。
その日まで、お元気で。

追伸
朝読み返すと投函できそうにないので、このまま封をします。レターセットは見ての通り、エアメール用。きみと文通をすることになって、出発前に大量に買い込んだのだが。
受け取るのに二十日、きみに届くのも二十日後か。長い旅だ。

四月二十五日

きみの純一より
（こんなことも書けたぞ！）

＊

親愛なるあなたへ
（名前より、こっちの方がステキかな、と思って）

お元気ですか？

停電なんて大変ですね。もともと電気の通っていないところなら、それに合わせた生活方法ができているのでしょうが、あるものが使えなくなるというのは、とても不便そうです。さすがにもう、復旧しているでしょうか。

ところで、家電製品ってあるの？　炊飯器はないだろうからと、お鍋でお米を炊く練習を一緒にしたけれど、そちらでお米は売っていますか？　もしかして物々交換？　貝殻のお金とか——ものすごい偏見ですね、ごめんなさい。でも、本当に想像ができなくて。

あなたの活動をほんの少しでも理解できるように、国際ボランティア隊事務局が発行している月刊誌「ブルースカイ」の定期購読を申し込み、先週、一冊目の六月号が届きました。それを読んで、ショックなことがいろいろと——。

出発前に入籍しようと言ってくれたあなたに、わたしは「二年間待ってるから、安心して」と強がったことを言い、入籍を保留にしてしまいました。でも、「ブルースカイ」を読んで、隊員の家族にはいろいろな特典があることを知りました。

まずは、「ブルースカイ」を申し込まなくても、赴任期間中、留守宅家族には毎月無料で届けてくれるということ。こんなのは些細《ささい》なことです。

それよりも、「家族訪問ツアー」です。P国に赴任している他の隊員の家族のかたたちと一緒に、P国を訪れ、それぞれの隊員の活動を見学するというツアーが、年に一度開催されていることを知りました。料金も交通費と宿泊費の八割を負担してくれるので、超格安です。しかし、問題はお金ではありません。

もちろん安く行けるに越したことはないのですが、それよりも、交通手段です。あなたの住所をもとに、行き方を調べてみたところ、百キロメートル離れた町までは簡単に行けそうですが、そこからあなたのいる村に行くためには、船か小型飛行機をチャーターしなければならないようです。「家族訪問ツアー」では、事務局が小型飛行機をチャーターしてくれたと、体験談に書いてありました。

こうなると、村に電気が通っていることの方が不思議な気がします。服、着てるよね。

チャーター以外の方法は、わたしが調べた中では一つだけ。町の漁師と直接交渉、無理です。「家族訪問ツアー」は友人、恋人からの問い合わせも多いのか、参加条件に、三親等までの親族、と普通のツアーパンフレットでは見られない項目が明記されています。

こんなことなら入籍すればよかった、と後悔していたところに、あなたからの手紙が届きました。わたしの書いた手紙はちゃんとあなたに届き、あなたからの手紙もわたしのもとに届いた。そんな僻地なら、手紙が届くのに二十日かかるでしょう。村から町まで、どうやって運ばれたんでしょうね。

ドキドキしながら開封しました。

角張った文字はまさにあなたの文字でしたが、あなたの文字を見るなんて何年ぶりだろう。思い出していくうちに、高校生の頃に、数学の課題を写させてもらっていたところまで、遡《さかのぼ》ってしまいました。

あなたが国際ボランティア隊に応募した理由、わたしに内緒にしていた理由を知って、わたしはまず、あなたに謝らなければなりません。映画の約束を当日キャンセルしたこと。その原因になったことを、あなたに一度も相談しなかったこと。

あのときの友人は、由美ちゃん。わたしが披露宴で会社の同期代表のスピーチをすることになって、あなたの前で何度も練習をしていた、あの由美ちゃんです。学生時代のサークルの先輩と結婚した由美ちゃんは、ランチタイムになると、ダンナさんのことをわたしに話してくれました。

最初は幸せなエピソード、でも半年もしないうちに、聞くに堪えられないような辛いエピソードに変わっていきました。ギャンブルと車の改造が大好きで、それらのためならお金に糸目を付けず、生活費や由美ちゃんの貯金にまで手をつけ、それを由美ちゃんが注意すると怒鳴ったり、暴力を振るったりするのだと、腕やわき腹にできた痣を見せられたり、目の前で声を出して泣かれたりしました。

そのたびにわたしは、由美ちゃんの家族に相談しようとか、頼りになる会社の先輩に相談しようとか、何かしら解決策を提案していましたが、由美ちゃんは「いいの」と首を横に振るばかりでした。

あなたと約束をしていた前日の晩、由美ちゃんがいきなりわたしのマンションにやってきました。ダンナさんから逃げてきたと言うのです。由美ちゃんの左目の周りが紫色に腫れ上がっていました。それを見た瞬間、わたしは、由美ちゃんが殺される、と思ったのです。一晩泊めてくれるだけでいいという由美ちゃんを説得し、夜中にもかかわらず、ＤＶ相談窓口に電話をかけ、法律事務所を紹介してもらい、朝一番で、その日の午後の予約を入れました。

あなたとの約束を思い出したのは、由美ちゃんと一緒に家を出てからです。足取りの重い由美ちゃんの腕を引きながら、どうしてこんな歩きにくい靴を履いて出たんだろうと足元を見て、あなたと出かけるため用に、買ったばかりの新しい靴を玄関に出していたことを思い出し、あわてて電話をかけました。

ごめんなさい。夢中になるとそれしか見えなくなってしまう。あなたもよく知っているわたしの欠点です。

手紙にならば何の抵抗もなく書けるのに、どうして、由美ちゃんのことをあなたに相談しなかったのだろう。由美ちゃんがうちに来るまでは、かわいそうだなとは思っていても、それほど重く受け止めていなかったからかもしれません。あと、同性の友人の悩みは、たとえあなたでも、異性に打ち明けてはいけないような気がしたからかもしれません。

でも、相談すればよかった。

由美ちゃんは相談所に行った翌日から、わたしと口を利いてくれなくなり、翌月には会社を辞めてしまいました。わたしはそれをダンナさんのせいだと思っていました。ところが、二週間ほど前、街でばったり由美ちゃんに会いました。近況を訊ねると、ダンナさんと離婚したと言われました。あんたのせいでね。由美ちゃんは憎々しげにわたしを睨みつけながらそう言うと、走り去って行ったのです。

あなたに相談していたら、どんなアドバイスをしてくれましたか？　結果を知ったうえで今さら訊かれても、と思うかもしれない。でも、あなたに相談しなかったのは、決して、あのときのことのせいでないことだけは、わかってほしい。

あの事故のことは口にしないと、十五年前に二人で約束し、お互いそれを守り続けていたから、誤解が生じていることにも気付いていませんでした。わたしの記憶が抜け落ちているのは、あの出来事の前後で、それ以前のイジメのことははっきりと憶えています。

文字にすることすら抵抗があるけれど、あなたとの誤解はちゃんと解いておきたい。だから、わたしも約束を破ることになるかもしれないけれど、書きます。

九月十日頃だったと思う。放課後の自転車置き場で、康孝くんが一樹くんに殴られていて、それを二十人くらいの同級生、特に男の子が取り囲んで黙って見ていた。柔道で県の強化選手に選ばれるくらい強い一樹くんが、華奢《きやしや》で本ばかり読んでいる康孝くんを殴り倒して、わき腹を蹴り続けていた。目を覆いたくなるような光景だった。

あなたに声をかけたのは、まずは、わたしの自転車の前にあなたがいたから。そして、あなたならなんとかしてくれるんじゃないかと思ったから。康孝くんや一樹くんと同じ地区に住んでいて、どちらとも仲がよさそうだったので、仲裁してくれるんじゃないかと思ったし、あなたは正しいと思ったことを実行できる人だと思っていたから。そして、わたしがそう思っていることに、気付いてほしかったから。

でも、あなたは止めに入ってくれなかった。

あのときのあなたの目、わたしには、間違っているのはおまえの方だ、って言ってるように見えました。悲しかった。目は口ほどにものを言う、なんて信用できませんね。でも、わたしには、やはり目の前の光景が許し難く、自分で止めに入ったのです。

今思えば、あのときのあなたの判断は正しかったのかもしれません。

もう、村の学校での授業は始まっていますか?

5×0=0。環境も文化も違う子どもたちに、あなたはそれをどんなふうに教えるのでしょう。どんな数字でも0をかけると答えは0。それをそういうものだとは認識しているけれど、0をかける、とはどういうことなのか正直よくわかりません。全部無しにするってことですか?

わたしという人間の中には、足し算と引き算しか存在しないのではないかと思います。正しいことと間違っていること。間違っていることは正さなければならない。あなたは、正義感が強いと言ってくれたけど、間違っていることを第三者が正そうとするのは正義ではない、ということは、十五年前に思い知りました。

なのに、由美ちゃんの件でまた失敗です。

わたしがあなたに依存しきっているのは、炎の中から助け出してくれたからだけではありません。あなたに判断を委ねていれば、間違いは起こらないからです。あのときも、わたしの単純な足し算と引き算だけで、輪の中に飛び込んでいかなければ、二カ月後、あの二人が死んでしまうこともなかったのかもしれない。

入籍をためらったのは、わたしがあなたの足かせになってしまうんじゃないかと思ったから。二年間、あなたに頼らずに無事過ごせたら、あなたとずっと幸せに暮らせる。そんな、願掛け中です。途中で会いに行っちゃ、ダメですよね。

もう一つ、これが一番重要な、「ブルースカイ」で知ってショックを受けたこと。

あなたの赴任しているP国が、世界約七十カ国の隊員派遣国の中でも、一、二を争うほど治安が悪い国であること。夜間外出禁止令って何ですか？　あなたはなんてことのないように書いてたけど、強盗に襲われるかもしれないから、夜は出歩いたらいけないってことでしょ？

帰国隊員の体験談には、面接時に派遣志望国を訊いてもらえる、と書いてありました。だとすれば、あなたは自分で治安の悪い国に行きたいと望んだの？

十五年前のことを思い出して試験を受けることにした、と知り、わたしが余計なことをしなければ、とやはり後悔し、そして今は、あなたのことがものすごく心配でたまりません。何が起こるかわからない、治安の悪い国に身を置こうと決めたなんて。

もしかして、あなたは自分を追いつめていませんか？

二人を救えなかったことを悔やんでいませんか？

火事が起きたこと、わたしは、自分は被害者なのだから、前後の記憶がないのはいいことなのだ、思い出す必要はないのだ、とずっと思っていました。あなたがあのときの出来事をすべて知っている、ということを考えたこともありませんでした。

十五年間、憶えていないから口にしないよりも、憶えているのに口にしない方が、辛いはずなのに。

結論だけなら、わたしも知っています。でも、あなたがどんなふうに関わり、どんなことを抱えて十五年間を過ごしてきたのかはわかりません。

わたしがそれほどひ弱でないことに気付いてくれたのなら、あなたもわたしを頼ってください。ほんの少しなら支えになれるかもしれない。なんだが、人という字は――、みたいですね。でも、あなたの役に立ちたいと思う気持ちは、確かです。

精神的なことだけでなく、例えば。

日本にいる家族や友人に、日本食などを詰めた小包を送ってもらっている隊員もたくさんいるようです。「愛の玉手箱」と隊員間では呼ばれているそうです。郵便局に玉手箱が届いてたよ、と報告し合ったりするそうです。家まで届けてくれないのですね。そういえば、あなたの住所も、郵便局の私書箱っぽいです。

そういうこともできるのか！　と玉手箱を送る気満々です。定期購読、申し込んでよかった。日本食といえばやはり、梅干しやおせんべい、うどんやおそばの乾麵なんかもいいかな、と考えていますが、せっかくなら、玉手箱の中身をあなたの欲しいもので埋め尽くしたいので、じゃんじゃんリクエストしてください。

健康が一番です。それと、安全も。

星空、一緒に見たいです。

次の手紙までに、星座について調べておこうと思います。オリオン座と北斗七星くらいしか知らないんだもの。そんなのは、あなたのところから見えないでしょ？　だから、どちらからも見える星座を探してみます。一緒は難しくても、二人で同じ星を見ていたら、なんだかとても幸せな気分になれそうだもの。

追伸
このあいだ一人で映画に行ったら、会社の噂好きの先輩にばったり会って、それ以来、社内で捨てられた女扱いされています。ホント、失礼なんだから！
映画はあの日見る予定だった映画の続編でした。始まってからそれに気付き、結局見ないままだったけど、たいして問題なかったなと思ったのですが――問題、大アリです。

五月十五日

万里子より愛を込めて
（まいった？）

＊

親愛なるきみへ

元気ですか？　僕は元気です。危険な目にも遭ってないので、ご安心を。

そして、未だ停電中。

職場の校長に「いつ復旧するのだ？」と訊ねると、「日本人はいつ修理に来てくれるんだ？」ときた。どうやら、自分たちでどうにかしようという気はなさそうだ。電気についてだけではなく、この国の人たちは、海外からのボランティアとはそういうものだと思っているということに、最近少しずつ気付いてきたよ。

この村に赴任する際、参考にと、電子機器隊員の活動記録を事務局でコピーして持ってきていたから、復旧のヒントはないかと読んでみたところ、役場の電気課の男性二人に修理の仕方を教えてあると書いてあった。

翌日早速役場を訪れ、その二人に「どうして修理をしないのか?」と訊ねると、二人とも口を揃えて「忘れた」と言う。「それではボランティアが来た意味がないだろう」と言ってやると、二人とも、何を言っているのかさっぱりわからないといったように首をひねる。僕の言葉が通じていないわけじゃない(念のため)。「俺たちが憶えなくても、日本人がまた来ればいいじゃないか」それが彼らの理屈だ。卑屈になっているわけじゃない。なまけようとしているわけでもない。それが一番効率的だと思っているんだ。それは、まったく間違ってるわけじゃない。

理数科教師でも同じだろう。僕は子どもたちに数学と理科を教えるだけではなく、村の教師に教え方やカリキュラムの組み方を指導したり、一緒にテキストを作ったりもしている。村の教師がきちんと指導できるようになれば、僕の活動は成功したことになるし、新しい隊員の要請も必要なくなる。しかし、教えているときには熱心に頷き、「憶えた。完璧だ」と豪語している村の教師も、僕が帰国したあとどうなるかは定かではない。逆戻りすることもおおいに考えられる。

きみならこの状況をどう打破するだろう。生きるうえでの計算は、数学教師の僕でも苦手だよ。

由美ちゃんは、単に、話を聞いてもらいたい、いや、聞かせたかっただけだと思う。ダメなダンナに虐げられながらも、そんなダンナを愛してやれるのは自分だけなのだと、第三者にアピールしたかったのかもしれない。自分に酔いしれているのか、精神が壊れる前の防衛策として、自然とそんなふうになってしまったのかはわからない。けれど、きみを責めるのはお門違いだ。

話を聞いてもらいたいのなら、もっといい加減な相手を選ぶべきだった。きみに相談すれば、真剣に対応してくれることは、わかりきってるじゃないか。だから、きみは失敗したなんて思う必要はどこにもない。

きみの足し算は何も間違っちゃいない。きみが背中を押してくれたとき、僕が輪の中に飛び込んでいれば、あんな最悪な結末にはならなかった。ただ、今さらどう言い訳をしても無駄だろうが、あのとき、なぜ僕が止めに入らなかったのか、聞いてほしい。

殴られる康孝と殴る一樹。二年生になって同じクラスになっただけのきみの目に、康孝がイジメを受けているように映るのは当たり前だろう。あのとき二人を取り囲んでいたほとんどのヤツらにとってもだ。あいつらが一樹を止めなかった理由は、それぞれ違うかもしれない。あの状況をおもしろがっていたから。止めに入って今度は自分がターゲットにされるのを恐れたから。

僕の場合は、一樹が康孝を殴っている理由を知っていたからだ。

きみも知っているように、僕と一樹と康孝は同じ地区の、それぞれの家が百メートルも離れていないところに住んでいた。もの心ついた頃から三人一緒に遊んでいたし、互いの家を行き来していたから、それぞれの家庭事情もよく知っていた。

だけど、中学生になると、趣味も確立されてきて、ただ家が近いからというだけで一緒にいることはなくなった。特に、康孝と一樹は、インドア派とアウトドア派といった真逆の趣味だ。僕はどちらもほどほどというかんじで、康孝にミステリー小説を借りることもあったし、一樹と空き地でバレーやサッカーをすることもあった。

一樹は部活動で活躍していたし、お笑い好きでおもしろいことをしょっちゅう言ってたから、一年生のときからクラスのリーダー的存在になり、二年生になるとますます存在感を増していった。それが、康孝にはおもしろくなかった。

そして、夏休み明け、康孝が僕にこんなことを言った。

——一樹は力で他人をねじ伏せられると思い込んでるよね。バカじゃないの？　おまえだけに教えてやるけど、俺には特殊な能力があってね、ねじ伏せてやりたいヤツをほんの少しばかり観察すると、そいつの一番傷つく言葉がわかるんだ。幼なじみのよしみで我慢してやってるけど、そろそろ鉄槌《てっつい》を加えてやってもいいかな。

どこまで本気なのかわからなかった。そんな特殊な能力が存在するとは考えられなかったが、広いジャンルの本に精通している康孝なら、物語の登場人物の心情を読み取るように、実在する人間の心情を読み取ることができるのかもしれないと思った。こいつは、俺にはどんな言葉をぶつけてくるのだろう、と薄気味悪くなり、あまり関わらないでおこうと、一樹はそういうヤツじゃないというフォローもせずにその場を去った。

その一週間後だ。一樹が康孝を殴ったのは。

普段は部活動の終了時間が別々だから、下校時に三人で顔を合わせることはなかったが、あの日は「夏休み明け全校一斉テスト」の前日で、部活動が停止になっていたため、三人、自転車置き場で一緒になった。

そこで、康孝は一樹に言ってはならないひと言を口にした。ここに書くことも抵抗があるような、低俗な言葉だった。一樹自身のことじゃない。水商売をしながら女手一つで一樹を育てる母親を、愚弄《ぐろう》するものだった。関係ない僕ですら、吐き気がしそうだった。

何が特殊な能力だ。一樹の家庭のことは周辺住民なら誰でも知っている。こういうことを言えば一樹が傷付くだろうことは、誰でも予想することができる。しかし、それが愚劣な言葉だということも知っている。だから、一樹とケンカをしても、一樹の家に不満があっても、みな、別の言葉で文句を言うことはあっても、その言葉だけは口に出さずにいるのに。

一樹は康孝を殴った。殴られた康孝はニヤニヤしながらこう言った。

——ほらな、ど真ん中命中だ。

一樹はさらに康孝を殴り、倒れた康孝のわき腹を蹴り続けた。僕は暴力を肯定するつもりはない。でも、もし自分が同じ立場にあれば、同じ行動をとっていた。あっという間に人だかりができ、きみもやってきた。あとはきみが知っている通りだ。

悔やむことはあるが、P国赴任とは何の関係もない。

P国赴任は、僕が強く望んだわけじゃない。国際ボランティア隊の派遣国は現在約七十カ国だが、それらの国すべての中から行きたい国を選べるというわけではない。

説明会に話を戻すと、まずは、職種別に分けられた要請国一覧の冊子を渡される。それを見ながら、どういった職種に自分が応募できるかを探さなければならない。医療分野、農業分野、土木・建築分野、教育分野――などと項目分けされた中から、僕は教育分野のページを開いた。高校の数学教師である僕が応募できるのは、「理数科教師」という職種だ。そこには十カ国から要請がきていた。

選択肢は十カ国。その中の一つが、P国だ。

応募の際に職種は選ばなければならないが、派遣志望国を選ぶ必要はない。

一次試験は英語と職種別の筆記試験。理数科教師の場合は、数学と理科の全般的な基礎問題の他に、自分が得意なテーマを挙げ、一コマ分の学習指導案を作れという問題もあった。それに合格すると、二次に進む。この時点で倍率は八倍くらいだろうか。

二次試験は面接が二種類。国際ボランティア隊に応募した動機など、総合的なことを訊かれるものと、職種別に専門知識を訊かれるものがある。いずれも、個人面接だ。派遣志望国を訊ねられるのは、職種別の面接のときだが、僕はそこで「どこの国でもいいです」と言った。どこかに絞り、事前にその国について調べていた方が、熱意があると受け取られるかと思ったが、本当にどこでもよかった。この時点で倍率は二倍。

――農業分野などでしたら、自分の持つ技術を最大限に発揮できる気候や土壌があるのでしょうが、理数科教師はどの国でも条件は同じです。派遣される国が決まりましたら、その国の教育事情や文化や宗教を調べ、任地での活動に精一杯備えたいと思います。

そんなふうに答えた。そして、合格通知が届き、派遣国はP国だと記されていた。

きみに報告したとき、僕はまだP国についてほとんど調べてなく、この国がそれほど治安の悪いところだと思ってもいなかった。

きみだって、「太平洋の赤道近くにある、ジャングルに極楽鳥がいる国よね」ってのんびり言ってたじゃないか。極楽鳥という鳥を、その日初めて知ったくらいだ。

治安が悪い国だと知ったのは、約三カ月間の国内訓練が始まってから。

国内二箇所に訓練所があり、一つの訓練所に約三十五カ国に派遣される隊員が集まったわけだが、見たところ男女比は半々なのに、派遣国別に席に着くと、僕の周りには男しかいなかった。「やっぱ、男女混合の国はいいなあ。面接で、どこでもいいとは言ったけど、まさか、派遣国の中で唯一女性隊員がいない国に選ばれるなんて、ついてないよ」と隣りの席のヤツがぼやくのを聞き、「そうなのか？」と訊ねると、「知らなかったのか？　P国は治安が超悪いから、女は派遣されないんだよ」とあきれた顔で返された。冊子の後ろの方に書いてあったらしい。

と書くと、きみは「出発前にどうして教えてくれなかったの？」と思うんだろうな。きみに心配させたくなかったからというのが第一だが、逆に、言ってしまいそうになったこともある。

出発の一週間前、きみと旅行に出たときだ。

——同じ村に女性隊員はいないの？

きみがこんな言い方をしたのは、約十五年つきあって、初めてだったんじゃないかな。バレンタインデーに他の女の子からもらったチョコレートを、わざときみに見えるところに置いていても、きみは何も言わなかったし、気にするそぶりさえ見せなかったのに。あれは、実は、毎年かなり傷付いていた。義理チョコだとわかっていても、ちょっとくらい妬《や》いてくれてもいいんじゃないか？

って。

だから、やはり距離と時間ができると、きみも少しは不安に思ってくれるのだろうかと、胸の内で喜んでしまったくらいだ。だが、じらすほどの余裕はない。

同じ村どころか、P国に派遣されるのは、男ばかりだよ。

喉元まで出かかった言葉をあわてて飲み込んだ。

――俺の行く村は、隊員は俺だけらしい。現地の女性はいるけど、日本人の男よりもがっしりとした体型で、ヒゲがはえてる人もたくさんいるんだって。安心した？

そう言うときみは、こんな感じ？　と長い髪を細いあごに沿わせてみせたけど、実際はそんなかわいいもんじゃない。僕の家の隣りに住む大家のおばさんは、電子機器隊員が帰国する際、電気シェーバーを譲ってもらったらしく、電池がなくなったからと、僕がラジオ用に持ってきていた十個入りの単三電池をパックごと持って帰り、毎朝、景気のいい音を響かせているよ。

ちなみに、家はコンクリート製。サイクロンに備えているため、作りは丈夫。家電は冷蔵庫が一台。風呂は水シャワー、洗濯はバケツで手洗いだ。ガスコンロがあるから、食事の支度は大丈夫。主食はイモ。米は町に出ると手に入る。海辺の村だから、魚介類は豊富で、市場に行けば新鮮なものが手に入る。そして、貨幣はあるが、なんとこの村では、貝殻も使えるんだ！　昔、貨幣として使用されていた貝殻がこの村でよく取れていたところに由来するらしい。今度、その貝殻を探しに行ってみようと思う。

きみの手紙で、「家族訪問ツアー」を初めて知った。僕も、この村に来るときは事務局に小型飛行機をチャーターしてもらったけど、プライベートで村を出るときは、漁師と交渉するようにと言われている。郵便物は専用のボートが不定期に運んでいるようだから、それに便乗する方法もあるかもしれない。

そうだ、玉手箱を送ってくれるのなら、単三電池を入れてくれないかな。日本食は、食べたいものを挙げるとキリがないし、ここにいるあいだはなるべく、ここで手に入るものでどうにかやっていこうと思ってるが……カレーを入れてくれるとありがたいです。

先日、村人に歓迎パーティーを開いてもらったので、お礼に、日本食を作ってお返しをしたいので。日本のカレーは、日本の代表料理だ！

ろうそくも短くなったので、今回はこの辺りで、と思うけれど、肝心なことを書いていないことを、きみにどう言い訳しよう。

きみの記憶がないのは、あの事件の前後だけということに、愕然とし、しかし、当然だろうとも思った。あの日以外、きみは被害者ではなかったのだから。むしろ、あいつの唯一の味方でもあったんだ。まさか、自分があんな目に遭わされるとは思ってもいなかっただろう。

きみの言うところの足し算である、正義が揺らいでしまったのも当然だ。

僕はあの日のことをきみに知ってほしくない。

派遣国のことは説明した通り、僕は自分の身をあえて危険な場所に置こうとしたわけじゃない。あの日のことで、僕が罪悪感を抱えているとすれば、あの日を迎えるまで、自分が何も行動を起こさなかったことに対してだ。僕が傍観者でいなければ、きみがあんな恐ろしい目に遭うこともなかった。

僕が一番望むのは、きみがあのときの恐怖を二度と思い出さないこと。それは、この十五年間ずっと望み続けたことでもある。僕が一緒にいない方が、きみはすべてを、火事があったことさえも忘れてしまえるんじゃないかと悩んだこともある。だが、それはできなかった。あの日がなければきみと僕が心を交わすことはなかったのだろうか。それだけではないと自分に言い聞かせながらも、きみに確かめる勇気は持てなかった。

この二年間が、僕たちを結びつけているのがあの火事ではなく、別のもっと強いものに変わるきっかけになればいいと思っていたのだが……。距離と時間ができたことによって逆に、きみが事件のことを深く意識し、あの日の記憶が戻りそうだというのなら、僕はすぐにでも帰国するつもりだ。

こんなとき、ネットや電話が繋がらないのは、やはりもどかしいね。二人でいたときに、僕の方から約束を解除し、あの事件のことを話しておけばよかったのかもしれない。

帰国したら、二人で話そう。二年なんて、あっというまだ。

じゃあ、元気で。

追伸　オリオン座はここからも見えます。

六月五日

純一より、星を見ながら
（どうだ、詩的だろ！）

＊

親愛なるあなたへ

お元気ですか？　わたしは元気です。

今日、早速、電池やカレーを買いに行きました。食べ物のリクエストが少なかった分、あなたの好きな作家の新刊や、そちらでも手に入りそうな材料で作れそうな料理の本を玉手箱に入れてみました。この箱をあなたが開けるのかと思うと、ドキドキします。

ラジオからはどんな音楽が流れてくるのでしょう？　今まで洋楽にはあまり興味がなかったから、名前を挙げられてもわからないかもしれないけど、リスニングの勉強のためにも聴いてみようかなと思います。

実は、今月から会社の英会話サークルに入っています。この春、本社から移動してきた阿部さんに誘われ、少し悩んだのですが、英会話が上達すると、家族訪問ツアーでなくとも、一人であなたに会いに行けるのではないかと思い、参加してみることにしました。

学校の授業みたいなのを想像していたら、字幕なしで洋画のＤＶＤを見たり、虫食いになった洋楽の歌詞カードを、歌を繰り返し聴きながら埋めていくものだったりと、わりと気楽で楽しい作業だったので、今では、週に二回の集まりが楽しみになっています。アメリカに留学経験があるという阿部さんに、リスニング初級編として、カーペンターズのCDを借りているのですが、サビの部分を歌詞を見ずに口ずさめるくらいにはなりました。

なんて、あなたは毎日英語で生活しているんですよね。出発前に、僻地の村だから日常会話は現地の言葉になるかもしれない、とも言っていたけれど、どうなのでしょう？ あなたは、外国には興味がなかったけど、英語は得意だったよね。パズルみたいなものだからって。現地の言葉もすっかり身に付いたりしてるのでしょうか？

わたしが想像するあなたの姿は、実際のあなたとまったく違うものかもしれない。暑い国だから日焼けもしているだろうし、髪とかどうなってるんだろう。電気が復旧しなければ難しいかもしれないけれど、写真、よかったら送ってください。

あなたに送った手紙が、最初から、なんだか重い内容になってしまったけど、あなたはちゃんとわたしの質問に答えてくれて、書いてよかったなと思っています。

あなたが国際ボランティア隊に応募しようと思った理由、わたしにそれを内緒にしていた理由、国際ボランティア隊の選考過程、派遣国について、あなたを見送るときも、それらがわたしの中にもやもやと漂い、一人になると、今度はそれらが徐々に石のように固まって重く居座っていたけれど、今ではすっかり消えて、心が軽くなりました。

あなたが元気で、現地の子どもたちと楽しく過ごしている姿も想像できそうです。できれば、心から解放されたように笑っていてほしい。

バレンタインデーのチョコレート、わたしはそんな上手にポーカーフェイスが保てていたのかと、ちょっと驚きました。義理ではとても買えそうもない有名ブランドのチョコレートが混ざっていても、あなたがそういうものに無頓着なのをいいことに、知らないふりをしていたわたしは意地悪なのかな？　高校生の頃から、あなたは大人気というほどではないけれど（ゴメン！）、あなたのことをいいと言っている子が、けっこういたことを知っていますか？

無口で無愛想なあなたは、クールでステキ！　なのだそうです。

わたしはよく友だちから、二人でどんな会話をしているの？　と訊かれていました。他愛もないこと。テレビのこと、映画のこと、本のこと、音楽のこと、部活のこと。楽しいことはいっぱいあった。でも、大声で笑い合ったことは一度もなかったよね。あなたもわたしも。でも、わたしはあなたが大きな口を開けて、心から楽しそうに笑っている姿を見たことがあります。

中学二年生の一学期の球技大会。バレー部のあなたが大活躍をしたおかげで、うちのクラスは優勝したよね。決勝ポイントを決めたあなたは、本当に嬉しそうに笑ってた。

高校に入って、わたしがバレー部のマネージャーになったのは、あなたと一緒にいないと不安だったこともあるけれど、あなたの笑顔が見たいと思ったから。でも、あんなふうに笑うあなたを見ることはなかった。

あなたが笑わなくなったのは、康孝くんへのイジメが始まってからじゃないですか？

原因は――そんなことがあったのですね。

わたしが同じ立場なら、やはり止めなかったかもしれない。でも、理由を知らないわたしは、輪の中に入り、止めてしまいました。暴力が許せなかったから。わたしの親は、あなたも何度か会って知っているように、手を上げたり、大きな声で怒鳴ったりするような人たちではありません。怒られたことは何度もあるけれど、それは決して暴力を伴うものではなかった。暴力に免疫がないと言われればそれまでです。

テレビや映画でそういう場面を見たことはあったけれど、それらは自分には無縁の世界だと割り切っていたと思います。それが無縁でなくなったのは、小学校六年生のときです。父の姉の娘である、いとこのお姉さんがしばらくうちに泊まることになりました。お姉さんはきれいで優しくて、小さい頃からわたしを可愛がってくれたので、わたしはお姉さんが来てくれるのが楽しみで仕方ありませんでした。結婚したばかりのお姉さんがどうしてうちに住むのだろう、ということなど考えてもいなかった。

お姉さんがうちに来た日、わたしは目を疑いました。お姉さんは窶《やつ》れはて、目は精気を失い、自分の足で立っていられない状態になっていたからです。お姉さんに何が起こったのか。お姉さんを連れてきた伯母さんは、子どものわたしの前では事情を話そうとしませんでしたが、大人たちの会話に聞き耳をたてていたわたしは、お姉さんがダンナさんから避難してうちにやってきたということがわかりました。

あの人がまさか、人はみかけによらない、お姉さんのダンナさんについて、そんな言葉が飛び交っていました。結婚前に二人でうちに挨拶に来てくれたので、わたしもダンナさんと直接話したことがあります。

色白で、穏やかな顔立ちで、ニコニコと柔らかい笑みを浮かべながら、小学生のわたしにまで丁寧な言葉を遣ってくれました。

クラシック音楽が好きな二人は、お互い一人で行っていたコンサート会場で隣り同士になったのがきっかけで親しくなり、わずか半年の交際を経て結婚することになりました。運命の出会いだなどと、うちの両親ははやし立てていました。大手企業に就職していたお姉さんが仕事を辞めるというのはもったいないような気がしたけれど、幸せそうなお姉さんを、わたしは心から祝福しました。

それが半年も経たないうちにいったいどうしたというのだろう。

けんかでもしたのかな。そんな軽い気持ちでいたのですが……。お姉さんがうちにやってきた三日後、あの人がやってきました。ダンナさんです。結婚の挨拶に来たときと同じように、穏やかな笑みを浮かべて玄関に立っていました。

――くだらない夫婦げんかのせいでご迷惑をおかけして申し訳ございません。

けんかをしたことも信じられないような穏やかな笑顔でしたが、うちの両親は、おまえの正体は知っている、とばかりに毅然《きぜん》とした態度をとって、彼を追いかえそうとしました。

――僕を信じてください。仕事を辞め、忙しい毎日から解放された途端、それまでの疲れが一気に出てしまい、彼女は精神的に不安定になってしまったのです。今まで抑圧されていた気持ちが、僕からの暴力という妄想で、彼女の中から溢れ出してきているのです。痣は彼女自身がつけたものです。彼女に休息が必要なのは確かです。しかし、今の障害を彼女と一緒に乗り越えてやらなければならないのはこの僕です。彼女や彼女のご両親から僕のことをどう聞いているかはわかりません。だからこそ、お願いです。おじさん、おばさんから、彼女を僕と一緒に帰るように説得してください。

あの人はとても誠実そうな口調でそう言うと、玄関の三和土《たたき》で土下座をしました。その姿を見た両親は彼をうちに上げました。リビングに通してお茶を淹《い》れ、彼の話を聞こうとしました。

――一緒に乗り越えるというのは、具体的にどうしようと思っているんだい？

父が訊ねると、彼は持ってきていた鞄から、封筒を取り出しました。音楽療法を受けることができる心療内科のパンフレットでした。

好きな音楽を聴いたり、自らも歌ったり演奏したりしながら、心を落ち着けていく療法があり、彼女と一緒に自分も参加するつもりだ、と言われました。

行けるかどうかわからないけれど、お姉さんが好きなピアニストのコンサートのチケットも取ってあり、それが明後日《あさって》にあるため、迎えに来たのだと、チケットとチラシも見せられました。予定演目の中に、お姉さんが好きで、結婚式のときに友人が演奏していた曲もあり、わたしも、そして両親も、この人は本当にお姉さんを心配しているのだなと思ってしまいました。

母がお姉さんを呼びにいくと、お姉さんは力なく「いや」と言いながらも、あの人の前に姿を見せました。きっと、父もわたしもいるので、大丈夫だと思ったのでしょう。あの人はお姉さんを抱きしめて、「きみを守ってやれなくてごめん」と涙を流しながら謝りました。そして、お姉さんの足元に土下座をし、「お願いだから、僕を信じて帰ってきてくれ」と懇願したのです。

お姉さんは怯えるような、困惑したような、どうすればよいのかわからない表情を浮かべていましたが、母の「コンサートに行ってみたらどうかしら」という提案に、黙って頷きました。あの人は涙を流しながら、うちの両親にお礼を言いました。

——初めの日から、二人でやり直そう。

お姉さんにそう言って、帰っていきました。お姉さんは不安そうでしたが、あの人が置いて帰ったコンサートのチラシを見ているうちに、表情が少しずつ穏やかになり、好きな曲のタイトルを指でなぞりながら、微笑《ほほえ》みがこぼれるほどになりました。

父が伯母さんに電話で報告すると、難色を示されたようでしたが、「コンサートに行くだけで、うちまで迎えに来てもらって、終わったらまた、うちに送り届けてもらうから大丈夫」と説得すると、向こうも納得したようでした。

当日、お姉さんに頼まれて、わたしはお姉さんのマンションに、コンサートに来ていく服を取りに行くことになりました。結婚の挨拶に来たときに着ていた、白いワンピースでした。あの人が仕事に出ているうちにと、放課後すぐに行き、鉢合わせにならないように、急いでワンピースと靴を持って家に帰りました。アクセサリーボックスの一番手前に入っている薔薇の花のブローチも頼まれていたのに。

シンプルなワンピースは儚《はかな》げなお姉さんによく似合っていたけれど、コンサートに行くには少しもの寂しい雰囲気でした。ブローチはお姉さんに訊かれて思い出しましたが、取りに戻るとあの人に会いそうで、代わりに、母のブローチを着けていくことになりました。少しおばさんくさいのではないかとわたしは文句を言ったけれど、お姉さんはクラシックのコンサートだから、こういう方が落ち着いていてていい、とそれをワンピースの襟元に着けました。

そこにあの人が自動車で迎えに来て、お姉さんは出ていきました。「食事をして十時には送り届けます」と言っていたのに、その日、お姉さんは帰ってきませんでした。それをわたしたち親子は、二人が仲直りしたからだと解釈しました。

文章で綴ると、なんと甘い解釈だろうと自分でもいらだちが込み上げてきます。でも、あの頃は、気軽に連絡が取れる携帯電話もありませんでした。それに、今ほどDVが取り上げられていなかったし、暴力を振るうのは、いかにもけんかっ早そうな人だと思い込んでいたのです。

お姉さんを見たのは一週間後。お姉さんを心配した伯母さんがマンションを訪ねていったところ、痣だらけのお姉さんが出てきました。前以上に精気を失ったお姉さんは、あの人が仕事に出ているにもかかわらず、逃げ出すことも、助けを呼ぶこともできなかったのです。

両親と一緒に病院に行くと、お姉さんは顔まで殴られていて、目の周りがドス黒く腫れ上がっていました。わたしたちの方を見ると、一瞬、からだを震わせ、まぶたが腫れ上がって開けることもできなくなった目の隙間から、壊れた水道のように、ポタポタと涙をこぼし始めました。母がハンカチを差し出すと、「いや、いや」と母の胸を思いきり突き飛ばし、声をあげて泣き出しました。

——ブローチが、ブローチが……。

お姉さんが泣きながらそう繰り返すのを見ながら、伯母さんが吐き捨てるように言いました。

——自分が見立ててやったワンピースに、自分がプレゼントしたものじゃなく、見覚えのないブローチを着けていた。どこの男にもらったんだ、俺へのあてつけか！　そう言って、あいつは殴ったのよ。

コンサートに行く前の出来事だったそうです。車の運転中にブローチに気が付いたあの人は、車を路肩に寄せ、お姉さんを問い詰めたそうです。さっき書いたように、ブローチはわたしの母のものです。独身の頃に自分で買ったという古くさいデザインで、それほど高価でもなく、とてもじゃないけど、男の人からのプレゼントには見えませんでした。お姉さんも、おばさんに借りたのだと言ったそうですが、あの人は聞く耳を持たなかったのです。

暴力の原因は最初から、あの人の異常なまでの嫉妬でした。まったく的外れなことで疑いを抱き、お姉さんの言葉も聞かずに、手を上げていたのです。あの人はお姉さんをコンサートには連れていかず、マンションに連れ帰ると、お姉さんが気を失うまで暴力を振るい続けたのです。

お姉さんと伯母さんに頭を下げる両親の隣りで、わたしも泣きながら頭を下げました。ブローチを持ってこなかったわたしのせいです。ごめんなさい、という言葉が喉元まできているのに、声に出すことができませんでした。心の中で繰り返す「ごめんなさい」が体じゅうにたまっていくようでした。

何て長い前置きなんだろう。

一樹くんに殴られている康孝くんの姿が、お姉さんの姿に重なったのです。怖くてたまらなかった。あなたに頼んだけれど、断られて。でも、そのまま見過ごすこともできなかった。あれ以来、離婚が成立したあとも、お姉さんは外出できないくらい情緒不安定なままでいます。怖いなんて思ってる場合じゃない。

輪の中にわたしが飛び込み、自分でも何を言ったのか憶えていないくらい大声で、そのとき思っていたことを一気にまくしたて（あなたの手紙で、こんなことを言ったのかと知りました）、一樹くんを睨みつけました。一樹くんの姿をあの人と重ねていたのだと思います。わたしは間違っていない。そう自分に言い聞かせると、怖いと思う気持ちもどこかへ飛んでいきました。

女に割り込まれて拍子抜けしたのか、一樹くんはその日はそのまま黙って帰りました。でも、翌日から、クラスの男子全員による康孝くんへのイジメが始まった。手を上げるのは一樹くんだけで、あとはみんな無視をしていたから、イジメとは思っていなかったのかもしれない。でも、わたしには、自分の隣りで殴られて血を流している人がいるのに何もしない人を、イジメに加わっていないと見なすことはできなかった。

一般的にはよく、女子の方が陰湿だといわれているけれど、あのときは女子の方がまともだったと思う。教室の後ろや廊下で康孝くんを殴る一樹くんを、見ていられないと泣き出す子もいたし、担任にこっそり相談しにいった子もいた。

でも、担任はまったくあてにならなかった。大学を卒業したてのへなちょこ担任は、男だったらケンカの一つくらいするだろうし、そうやって仲良くなっていくもんだ、と笑って誤魔化して、休憩時間や放課後、絶対に教室に来なかったのだから。

だから、みんなわたしのところに来たのかもしれない。わたしは最初、自分がイジメを見たときだけ止めに入っていたのに、だんだんと、目撃した子たちがわたしのところに報告にくるようになった。体育館の裏、屋上、川原、そして、町のはずれにある廃業した材木店の資材置き場。

学校の中でも外でも、わたしはどこにでも駆けつけた。一樹くんはわたしには手を上げたり怒鳴ったりすることはなかったけど、一度だけ、去り際に、「これ以上邪魔するなら、ヤルぞ」とすごまれたことがあった。周りに他の子もいたから「バカじゃないの」と強気に出ることができたけど、本当はすごく怖かった。

本当に、もう仲裁に入るのはやめようと思ったくらい。でも、もっと追いつめられていたのは康孝くん。当然だよね。殴られる原因を作ったのは康孝くんかもしれない。一樹くんを思いきり傷つけたのかもしれない。一樹くんは康孝くんをイジメ出して、本当に人格が変わったようだったもの。それでも、暴力は肯定できない。暴力は康孝くんの体だけでなく、心もズタズタに引き裂いたはずです。

そして、あの出来事が起きた。十一月十日です。

材木店の資材置き場にある古い倉庫に、夕方、康孝くんはわたしと一樹くんを閉じこめて、火をつけた。わたしはあなたに救出されたけど、一樹くんは助からなかった。同じ日の晩、康孝くんは校舎の屋上から飛び降り自殺をした。

わたしが目を覚ましたのは病院のベッドの上でした。そういうことがあったと両親から聞いても、わたしは、自分がその現場にいたことすら思い出せませんでした。記憶があるのは自転車置き場まで。自転車のカゴに手紙が入っていて……多分、わたしは町の外れに向かったんだと思う。

あなたはわたしを火の中から助け出してくれた。でも、一樹くんは助からなかった。それは、あなたが先にわたしを助けてくれたからよね。一樹くんは友だちだったのに。

あなたがクールだとか、無表情だとか言われるたびに、あなたから笑顔が消えたのはわたしのせいではないかと思っていました。そんなことを言われた日には必ず、あなたのわき腹をくすぐってみました。あなたは苦しそうに笑い転げたあとで、いつも、「何かイヤなことがあった？」と訊いてくれたよね。

このセリフは、本当はわたしがあなたに言わなければならなかったのかもしれない。だからといって、わたしのお決まりの返事で、あなたも返すのはやめてください。

——ううん、何にも。

たくさんあった辛い出来事をこのひと言でなかったことにするのは、なしです。0をかけるってこういうことなのかな。

星を見ようとカーテンを開けたら、すっかり明るくなっていました。今七時です！　あと一時間で出勤しないといけないいなんて!!

日本との時差は三時間だっけ？　今八時、あなたは学校に向かっている頃でしょうか。

今日が、あなたにとって楽しい一日でありますように。

それでは、お体に気をつけて。

六月二十五日

万里子より
（降参です）

追伸　極楽鳥の切手、ステキです。あなたと一緒に見たいものやしたいことが、たくさんありすぎです。

＊

親愛なるきみへ

元気ですか？

こちらは元気です、と書きたいところだけど、ひと月も返事が遅れてしまった言い訳として本当のことを書かなければ、と思う。実は、マラリアに罹《かか》っていました。日本じゃなじみがないかもしれないけれど、蚊を媒体とした高熱が出る病気だ。熱にうなされながら寝込んでいるあいだ、きみのことを考えた。

きみにあの事件のことを話さなければならない時期がきてしまったのではないかと。

きみがイジメの仲裁に入ったのは、きみの正義感からきていて、きみは強い人間なのだと僕はずっと思っていた。事件は弱い者同士が傷つけ合った結果に起こってしまった悲劇だったのだから、きみが気にすることなど何もないと思っていた。

ただ、炎に包まれた恐怖を思い出してほしくない、それだけだった。

だけど、きみが仲裁に飛び込んだのは、いとこのお姉さんに対する罪悪感からだったと知り、毎回、きみがどんな気持ちで仲裁に入っていたのか想像するにつれ、傍観者に徹していた自分をこれまで以上に恥じた。康孝は一樹に殴られて当然だと自分に言い聞かせていたのは、仲裁に入る勇気がなかったからだということに今さらながらに気付いたよ。

僕はあのときの罪悪感を、きみを助けたというたった一つの事実ですべてなかったことにしようとしていたのかもしれない。大きな数字に0をかけるようにね。きみが僕の罪を受け入れてくれるというなら、ここにあの日のことを書いてみようと思う。

康孝は一樹の母親を貶《おとし》めた。母親には複数の愛人がいて、そいつらに貢がせた金で一樹を育てている。おまえの持ち物はすべて母親が体で稼いだものだ、その自転車も。

一樹は自転車置き場で康孝を殴った。きみが仲裁に入り、一樹が帰った後で、僕は康孝に一樹に謝るように言った。手を出した一樹は当然悪いが、原因はおまえにある、と。だが、康孝は薄ら笑いを浮かべてこう言った。

——殴られたことによってわかったよ。あいつはやはり軽蔑に値する人間だってね。

それからも、一樹は康孝に手を出した。端から見れば、一方的に康孝がやられていたように見えたかもしれない。あいつはまったく抵抗しなかったし、鼻血をぬぐおうともしなかったから。だが、いつも、先に攻撃していたのは康孝の方だった。すれ違い様に、小さな声で一樹の神経を逆なでするひと言を口にしていた。あいつの言うことなんかほっておけと、一樹に言ったことがある。だけど、中学生がそんなこと聞き流せるはずがない。

一樹の母親の噂は別ルートから入ってくることもあった。自分の母親も含む、近所のおばさんたちの井戸端会議からだ。そこからある日、意外なことが聞こえてきた。一樹の母親に財産をなげうって貢いでいるのは康孝の父親で、康孝の家では離婚が秒読み段階に入っている、と。

あいつらは親のせいで自分たちを傷つけ合っていたのだ。僕に何ができるというのだろう。何も思いつかないまま時間だけが過ぎていき、一樹は臨界点に達してしまったのだろう。きみのことは疎《うと》ましそうな目で見ながらも、いつも黙って引き下がっていたのに、あいつはみなの前できみに暴言を吐いた。僕はあいつをフォローしてやるべきだったのに、あいつをつかまえて、きみに手を出すのは許さないと、それだけを言った。

同時に、康孝も臨界点に達していた。

きみの自転車のカゴに入っていたのは、康孝からの手紙だ。きみの制服のスカートのポケットに入っていたと、きみのお母さんに見せられ、僕も読んだ。

――一樹と和解をすることにした。不安なのできみに立ち会ってほしい。資材置き場の倉庫に夕方六時に来てください。

そう書いてあった。きみは自宅へ戻らず、制服のまま資材置き場に向かった。資材置き場は僕や一樹や康孝が住む地区にあった。きみの家とは真逆だ。僕は家の前で、自転車に乗ったきみを見かけた。資材置き場の方向だ。またあいつらがもめているのか、と思ったけれど、僕が行っても自分の無力さを感じるだけだと、きみを追いかけようとは思わなかった。

だけど、きみが帰る姿を見届けようとは思い、家の前で待っていた。だが、一時間経ってもきみの姿はない。家に帰るには必ずここを通るはずなのに。そのうえ重大なことに気が付いた。いつもは誰かに伴われてイジメの現場まで行っているのに、今日は一人だった。

僕は資材置き場に向かった。きみを、一樹を、康孝を捜した。すると、焦げくさい匂いが鼻をついた。倉庫の方からだった。駆けつけると、倉庫の窓から煙が上がっていた。倉庫の前にはきみの自転車が停めてあった。戸口にまわると、ドアにかんぬきがかけられていた。まさか、と思った。

かんぬきを外してドアを開けた途端、炎が僕を襲ってきた。煙と熱さでむせ返った視界の先に、倒れているきみの姿が見えた。倉庫の中に夢中で飛び込み、きみを抱えて連れ出すと、中で燃えていた材木が一気に倒れ出し、入口をふさいだ。きみを抱えたまま僕は走って、一番近くの家まで行き、資材置き場が火事だと伝え、救急車を呼んでもらった。倉庫から出た火は外に積んでいた材木に燃え移り、近年ない大規模な火災になった。消火活動を近隣の住民が取り囲んで見ていた。鎮火したのは零時過ぎで、火の元となった倉庫から、一樹の遺体が発見された。見ただけでは誰だか判別がつかない、けれど、一樹だとわかったのは、人混みの中に、康孝の姿があったからだ。

康孝は僕と目が合った途端逃げ出した。それが生きているあいつを見た最後だ。

翌朝、中学校の校舎から飛び降りた康孝の遺体が、朝一番に登校した教頭先生に発見された。遺書は発見されなかったが、きみのポケットにあった手紙から、倉庫にきみと一樹を呼び出したのは康孝だということがわかった。筆跡もあいつのものだった。僕は煙が上がっているのを発見したときの様子や、ドアの外側にかんぬきがかけられていたこと、きみを連れ出したときのことなどを、警察に報告した。

康孝は多分、きみと一樹を少しこらしめてやろうと倉庫に閉じこめて、火をつけたのかもしれない。一樹だけでなくきみも一緒に呼び出したのは、みなの前で女子にかばってもらったことを恥ずかしく思ったからかもしれない。絶対に殺意などなかった。自分に許しを乞うたら出してやろうとか、そんな軽い気持ちだったと思いたい。しかし、古くなった材木は想像以上に勢いよく燃え、あいつは怖くなって逃げ出したのだろう。そして、自分のせいで一樹が死んでしまったことを知り、自殺をした。

すべて推測だ。だが、事実を知ることはできない。きみが記憶を取り戻したとしても、事件を起こした張本人である康孝が何をしたのか確実に知ることは難しいだろう。

僕は火事現場で二者択一をしたわけではない。ドアの近くにいたきみを助けるだけで精一杯だった。奥に一樹がいたことにも気付かなかったし、仮に、一樹がドアの近くにいたとしても、炎の中、からだの大きなあいつを連れ出せていたかどうか自信がない。

きみはこれで納得してくれただろうか。あの事件にきみが負い目を感じることは何もないということを。

僕も、悔やむことがないとは言えない。だが、どんなに悔やんでもあいつらは戻ってこない。誰かのせいにするならば、大人たちのせいだろう。一樹の母親と康孝の父親の噂がどこまで真実なのかはわからない。けれど、大人の世界のイジメが、子どもたちに悲劇をもたらしたのは事実だ。

大人の犠牲になる子どもを少しでも救ってやりたい。そんな気持ちがどこかにあって教師になったはずなのに、七年も経つと日々の生活に追われ、すっかり忘れていた。日本での僕は、あのときの担任とあまり変わりない教師だったんじゃないだろうか。

僕が無表情に見えるのは、単に、笑い方が下手なだけだ。球技大会のときが奇跡の笑顔だったんじゃないか。昔から無愛想な子どもだと言われていたから、きっとそうだと思う。僕の昔のアルバムを親に頼んできみに送ってもらえば、証明できるはずだ。

きみに突然くすぐられるのを、僕は嫌いじゃなかった。手を引き寄せて「何かイヤなことがあったのか」と訊くと、「ううん、何にも」と答えるきみを、単純にかわいいと思っていた。

0とはいったい何なのだろう。

僕は現地の学校をなめていたようで、日本の中学校にあたる僕が受け持つ生徒たちの教科書は、僕たちが使っていたものとほとんど変わらないものだった。どんな数に0をかけても0になるなんてことは、当たり前のように知っていた。

それでも、もし教えるとしたら、僕はどんな例題を出すだろう。熱に浮かされながら考えていると、部屋にきみが入ってきた。そういう幻覚が見えるほど、重症だったわけだ。

重症の僕には、きみが裸に見えた。僕の部屋なら大歓迎だけど、ここは病院だ。パンツくらいはいたらどうだ、と言ってみたけれど、きみはニコニコと笑うだけ。どうしたものかと思っていたら、ドアが開き、裸のきみがもう一人入ってきた。だから、パンツをはけって、と思ううちに、次から次へと裸のきみが入ってきた。

そのときピンと閃《ひらめ》いた。

きみは裸。パンツの数は0枚。では、きみが百人になると、パンツの数はいくつでしょう。答えは0。

ったく、何、バカなことを書いてるんだか。だが、こういうことだ。0をかけるというのは、もともとあるものをなくしてしまうのではなく、もともとないものはいくら集めてもないままだということ。

あの事件にきみの非はない。どれだけ事実を探り集めても、きみの非がないことは変わらない。きみが認めてくれるなら、僕にもないと思いたい。0＋0もまた0だ。

これで、僕たちは新しい1へと踏み出せるだろうか。1が2になり、3になり、4になると幸せだと思う。パンツの枚数じゃないので、悪《あ》しからず。

それから、玉手箱をありがとう。

荷物が届いた情報は村中に伝わるらしく、村の診療所の病室で寝込んでいるところに、大家のおばさんが「荷物はどうするのだ」と何度もしつこく訊きにくるので、カレーを一箱やるから、開けて持っていってくれと言うと、翌日、わざわざ、作ったカレーを病室まで届けてくれた。

電子機器隊員から作り方は教わっていたらしいけど、分量を無視しているので、かなり水っぽいのができていた。おまけに、米ではなくイモが添えてあった。ありがたいけど食欲がないから持って帰ってくれ、と言うと、たまたま病室前を通りがかった看護師が嬉しそうに入ってきた。ひげにカレーをいっぱいつけながら、美味そうに食ってたよ。

二人が出ていってやれやれと思いながら目を閉じると、きみの姿が浮かんできた。今度はエプロン姿だ。残念ながら、下に服も着ていた。

日本にいるのかと錯覚を起こしそうになってしまった。

休日にきみの部屋で昼前まで寝ていると、カレーの匂いがしてきて、目を開けると、エプロン姿のきみがカレーの鍋をかきまぜていて、僕はそれをぼんやり眺めるのが好きだった。熱に浮かされてナーバスになっているところに、カレーの匂い。それで、こんなことを思い出したのだろう。少し、泣いてしまった。カレーの匂いでホームシック。川柳でもできそうだけど、残念ながら、僕にそういうセンスはない。

ただ、電気が復旧するきざしはまだないので、このまま大自然の中で生活していると、嗅覚をはじめ、僕の五感はかなり発達するんじゃないかと期待はしている。とりあえず、視力にがんばってもらいたいところだ。

英会話、がんばって。

こちらのラジオからは、何故かアバがよく流れている。特に「ダンシングクイーン」。何で今頃？　と思うが、聴き取りやすいので、よかったらヒアリングの勉強にどうぞ。

明日から仕事に復帰します。きみは今頃、熟睡か？　寝相の悪さまで恋しいです。

では、お元気で。

純一より

追伸　貝殻を同封します。バナナ一房分の価値だって。

（こちらもネタ切れ）

八月十五日

＊

親愛なるあなたへ

マラリア！

あなたはちょっと熱が出ただけのように書いているけど、大変な病気じゃないですか。そんな危険も潜んでいたなんて。わたしが駆けつけてどうなるわけではないけれど、今すぐあなたのところに行きたいです。何もできないことがこんなにもどかしいなんて。

あなたの手紙が届かなくて、いらいらしていた自分が情けないです。

病気一つとっても、わたしは恵まれた環境で生活しているんだなと、いろいろなことを反省してしまいます。特に英会話サークルの人たちには、こういう世界もあるのだということを教えてやりたい。

八月の初めに、英会話サークルの人たち六人で、日帰りバーベキュードライブに行きました。阿部さんがはりきってバーベキューセットを買ったのはいいのですが、男性陣はみな、テーブルの組み立てもおぼつかないし、なんと、火を起こせないのです。わたしの部屋の家具の組み立てや、家電の配線は全部あなたがやってくれたので、男の人はみなそういったことが得意なのだと思っていましたが、そうでない人の方が多いのですね。

改めて、あなたに感謝と尊敬です。

いらいらが募った女性陣で役割を交代することになり、男性陣には野菜を切ってもらったのですが、それすらも満足にできず、いったい何を思ってバーベキューに行こうと提案したのだろうと、あきれかえってしまいました。一緒に参加していた女の子は、男性陣の中にお目当ての人がいて、この日を楽しみにしていたのに、考え直そうかな、なんて言い出す始末です。

わたしは鍋奉行ならぬ、バーベキュー奉行で、ひたすら肉を焼き続けていました。食べているあいだも、蚊に食われただの、暑いだの、男性陣は文句ばかりです。それなのに、お腹一杯になった後は、アウトドアっていいよな、なんて訳がわかりません。阿部さんは、今度はキャンプに行こうとはりきっていましたが、夏のアウトドアイベントはそれきりです。

蚊に食われるのがイヤなら、リゾートホテルにでも行けばいいんだよね。

と、病み上がりのところ、愚痴ばかりでごめんなさい。

でも、英会話の方はいいかんじで上達しています。

あの日のこと、教えてくれてありがとう。火の上がる倉庫の中から、あなたがわたしを助け出してくれたとは聞いていたけれど、わたしのことを心配して、捜してくれていたことは知りませんでした。あなたがいなければ、本当に、わたしの人生はあの日で終わっていたのですね。

玉手箱も無事届いてよかったです。あなたはカレーが大好きだからよく作っていたけれど、あなたがP国に行ってからは、一度も作っていません。久々に作ってみようかと思うけど、振り向いてもあなたがいないんじゃ、寂しくなるだけかな。

匂いの記憶ってありますよね。

ただ、不思議だな、と思うのは、バーベキューのとき、わたしが何も意識せずに、普通に火をおこせたことです。あの事件の翌年、阪神・淡路大震災があり、トラウマという言葉をよく耳にしました。でもわたしは、赤い炎を見ても、ぱちぱちという音を聞いても、煙の匂いをかいでも、あの事件のことをまったく思い出すことはありませんでした。

記憶がないことがわたしを救ってくれているのか、それとも、あなたが助けてくれ、ずっとそばにいてくれたことが、恐怖を取り除いてくれたのか。いずれにせよ、こうして普通に生活できていることを、改めて幸せだと感じます。

今日は、改めて、ばかりですね。

康孝くんと一樹くん、自業自得だと陰でささやく子たちもいたけれど、わたしはそんなふうには思わなかった。死んでしまった人たちに対して、どうしてそんな考え方ができるんだろう。最悪の結末になってしまったけれど、そうなる以外、あの二人に道はなかったとは思えない。

もしも、わたしと同じ文面の手紙を一樹くんも受け取っていたのだとしたら、倉庫に来たのだから、康孝くんと和解しようという気持ちがあったのかもしれない。もしも、火がそれほど燃え上がらなければ――。どうして康孝くんは火をつけてしまったんだろう。

それより、どうやって火をつけたんだろう。

プレハブの十畳間くらいの大きさだった、あの倉庫のドアは一箇所。外からかんぬきをかけられていたんだよね。あと、高いところに磨《す》りガラスの入った窓が一箇所あったと思う。倉庫の中から火が上がっていたということは、康孝くんが火のついた紙か何かを、窓から投げ入れたということになるのかな。

でも、康孝くんの身長じゃ、あの窓には手が届かないはず。康孝くんは何か足場を用意していたのかな。そんなにも計画的に火をつける準備をしていたのかな。あなたは少し驚かせようとするつもりだったと推測しているけれど、倉庫の中には乾燥した材木が無造作に置かれていたし、床にはおがくずもたまっていたから、小さな火でもすぐに燃え上がることは中学生でも予想がつくんじゃないかと思う。

ちょっと困らせようとしたのなら、火が大きくなって逃げ出すにしても、かんぬきを外してからにするんじゃないかな。計画的に準備をした人がそこまでパニックを起こすものなのかな。わたしには、康孝くんは冷静に判断できる人だという印象があります。

康孝くんは一樹くんを、そしてわたしを、本気で殺そうと思っていた？

わたしは確かに、みんなの前で康孝くんに恥をかかせたかもしれない。わたしが仲裁に入って、康孝くんがどう思うかなんて、考えてもいなかった。多分、わたしは康孝くんのことをそれほど考えていなかったのだと思う。目の前にある暴力を阻止したい。お姉さんに対する罪悪感を晴らしたい。そっちの気持ちで行動していたはずです。でも、それは殺したいと思われるほどひどいことなのかな。一樹くんに対しても、まったく反撃していなかったのに、いきなり焼き殺そうなんて、もっと他に何か思いつかなかったのかな。

一樹くんとわたしを殺して、自分も自殺するところまで、筋書きができていたのかな。大人の問題を子どもが解決することはできないのかもしれない。でも、みんなで死ぬことが解決だと康孝くんは思ったのかな。

火をつけたのは、本当に、康孝くんなのかな。

わたしと一樹くんを閉じこめたのは康孝くんなのかもしれない。でも、火をつけた、ううん、火事になったのは、一樹くんのタバコが原因とは考えられないかな。一樹くんがタバコを吸っていたのかどうかは知りません。でも、なんとなくそうだったんじゃないかと思ったのは——、これも、匂いの記憶なのかな。

わたしの周りにはあなたを含め、今までタバコを吸う人がいなかったのですが、阿部さんはタバコを吸います。見たことはありませんが、貸してもらったテキストからタバコの匂いがしたので訊いてみたところ、ヘビーだが他人の前では吸わないようにしている、と言われました。

阿部さんからテキストを受け取ったとき、ふと、わたしは一樹くんを思い出しました。

そのときは、なんで今、一瞬、一樹くんを思い出したのだろうと不思議に思いました。阿部さんは見た目も性格も一樹くんと共通するところはありません。でも、深く考えることもありませんでした。

この手紙を書きながら、あのとき一樹くんを思い出したのは、無意識のうちに一樹くんからタバコの匂いを感じたことがあるからかもしれない、と思いつき、出火の原因は、と考えたのです。

あなたの手紙を読んで、もやもやした気持ちを整理させるために、思いつくまま書いています。上手くまとめられなくてごめんなさい。

本当は、今書いていることをあなたに直接聞いてもらいたい。あなたはどう思う？　と訊ねてみたい。あなたなら、たったひと言で解決してくれるかもしれない。

でも、目の前で返事をもらえなくても、この手紙はあなたのもとに届くのだし、あなたからの返事もくるのだから、今は自分で考えていることを、もう少しまとめていこうと思います。おつきあいください。

倉庫の中で一樹くんがタバコを吸ったせいで火事が起こったのだとしたら——。吸っている最中に火がつくとは考えにくいから、吸い殻が原因かもしれない。

そうだったとして、わたしや一樹くんはどうしたのだろう。

そもそも、閉じこめられたことに気づいていたのかな。だとしたら、どうにかして出ようとしたかもしれない。でも、閉じこめられたことに気付かずに、二人で康孝くんを待っていたとも考えられる。そこで、一樹くんがタバコを吸って、吸い殻を床に捨て、おがくずに火が燃え移った。すぐに気付けば、火が大きくなる前に消火できたかもしれない。でも、あっと思ったときには、燃え上がっていたとも考えられる。

となれば、逃げようとするはず。でも、ドアは開かない。ほかに外に繋がっているのは窓だけ。でも、わたしの背ではとうてい窓に手は届かないし、一樹くんもがっしりとはしていたけど、背はわたしより少し高いくらいだったから、多分、届かないはず。

あの日のことはわからないけど、倉庫内はずっと放置されたままだから、わたしが憶えている状態と同じだったとして、倉庫の中に角材はたくさんあったけれど、踏み台になるようなものはなかったと思う。

だとすれば、どちらか一方が踏み台になって一人外に出て、ドアのかんぬきを外す。想像だけならどうにでもなります。

現実は、わたしも一樹くんも燃え上がる倉庫の中にいた。倒れていたということは、煙を吸ってしまったのでしょうか。そのとき、康孝くんはどこにいたんだろう。

真相がわからないままなのなら、わたしは康孝くんが火をつけたとは考えたくない。ううん、火をつけていないからこそ、自分が閉じこめてしまったことにより、思いも寄らない大変な事故が起こり、幼なじみを死に至らしめた罪悪感を抱いて、自殺してしまったと考える方が、康孝くんらしいと思いませんか？

康孝くんがわたしと一樹くんを閉じこめたのは、わたしが一樹くんを説得できると思ってくれたからかもしれない。一樹くんはわたしが仲裁に入ると、いつも逃げるようにいなくなっていたから、ちゃんと話すまで逃げられないようにした。

その後で、和解しようとしたのかもしれない。

こんなふうに解釈するのはダメですか？

あの日、康孝くんにも一樹くんにも悪意はなかった。

どんな数字に0をかけても答えは0。ないものはいくら集めてもない。ああ、そうなのかと心から納得することができました。

たとえはどうかと思うけど。キャラ変わった？　あなたは本当に高熱に浮かされていたんだなと思います。

とはいえ、わたしが思い出すあなたはちゃんと服を着ている、のかな？　あなたの顔、球技大会のときが奇跡の笑顔なのだとすれば、普段の困ったように笑う顔も愛しく思えます。でも、わたしの一番好きなあなたの顔は、ふと振り返って、あなたと目が合ったときの顔。じっと見つめているんじゃなく、わたしを遠目で眺めているような顔。あなたがいつもわたしを見守ってくれているのだと、安心できる顔。

それから、左手の甲に残る火傷《やけど》の痕。火の中からわたしを救い出してくれたときにできてしまった痕。わたしには何も残っていないのに、ごめんなさい。そう言うと、あなたは「それでいいんだ」と抱きしめてくれて——。

わたしの方は熱に浮かされているわけじゃないので、これ以上は書けません。

マラリアについて少し調べてみたけれど、一度罹ったからといってもう大丈夫なわけじゃないんだよね。

どうか、お体には気をつけて。

貝殻のお金を持って、バナナを買いに行きたいな。

追伸　星について。オリオン座以外にも、かなり同じ星を見られることがわかりましたが、逆に、ロマンチックな星座の象徴？　南十字星がこちらから見られないことが残念です。

九月五日　　　　　　　　　　万里子より

＊

親愛なるきみへ

元気ですか？　マラリアはすっかり完治したのでご安心を。

仕事の方も、なんとか軌道に乗り、余裕ができたので、放課後、生徒たちにバレーを教えることにした。この国では、学校の授業に体育がない。きみの苦手な「腕立て伏せ」という言葉も知らない。当然、部活もない。学生時代は部活浸けだった僕にとっては、考えられないことだ。

生徒たちも、最初はお遊び程度に参加していたけど、だんだん本気で取り組むようになってきた。もともとの身体能力も高いし、力もあるので、鍛えたらいい選手になりそうだ。

と、数学よりも力が入ってしまいそうなのを、なんとかセーブしてるところ。

きみもいろいろと活動の場を広げているようで、頼もしいと思う反面、少し気になることもある。前回の手紙から気になっていたことだが、英会話サークルの阿部さんというのは、男じゃないのか。ついでに何となく、きみに好意を持っていそうな気もする。そして多分、きみはそれに気付いていないはずだ。

だからといって、どうする。

二年間離れているあいだに、きみに言い寄る男が出てくることは、想像しなかったわけじゃない。

でも、きみはそういうヤツを突っぱねるだろうという、自信もあった。ただ、きみは好意を寄せられていることに気付かない分、警戒しないだろうから、かなり相手をその気にさせてしまうかもしれない。そうなると、告白されて断っても、相手はなかなか引き下がらないかもしれないから、なれなれしく近寄ってくるヤツとは、そいつの本心がどうであろうと、きちんと距離を取るように。阿部さんはすでに、要注意人物だ。

と、ここで大きなため息。いったい何を書いているんだろう。

きみの計画では、お互いの手紙はちゃんととっておくんだったよね。二人の記念品として。だけど、こんなことを書いていたら、読み返す日が今から憂鬱になってくる。それとも、俺も若かったな、などと微笑ましく思うのだろうか。

実は、前回の手紙を投函したあと、あの日のことを書いてしまってよかったのだろうかと、少し後悔した。でも、きみからの手紙を読んで、そうしてよかったのだと思えたよ。

僕は火をつけたのは康孝だと思い込んでいた。きみが抱いたような疑問を僕も抱いたけれど、それ以外に火がつく要因を思い当たらなかった。一樹がタバコを吸うことを知っていたというのに。

一樹は小学校高学年の頃からタバコを吸っていた。僕も勧められたことがあって、一本吸ってみたけど、むせかえってしまい、二度と吸うもんかと思った。あのときは康孝もいて、一樹と一緒に美味そうに吸っていた。

中学生になって二人から、どうしておまえだけ日に日にでかくなっていくんだ、と言われて、俺はタバコを吸ってないからな、と胸を張って答えたこともある。三人、仲がよかった頃のことを思い出したのは、初めてかもしれない。

僕も火事の原因は一樹のタバコだと思いたい。あの日、康孝にも一樹にも悪意はなかったのだと。

きみのおかげで、僕の心も救われました。

あと、これに伴い？　村の電気もようやく復旧したよ。でも、電話線はまだ時間がかかるようだ。きみの声を聞いたり、メールを送ることができないのは残念だが、冷たい物を飲めるようになったのは、本当にありがたい。食事も保存がきかないから、毎回食べるぶんしか作らなくて、手間がかかっていたが、ようやくまとめて作ることができる。夜、読書ができるようになったし、電気が使えることのありがたさを身にしみて感じてるよ。

きみが送ってくれた本も、全部読んだ。日本にいるときは一度読んだら、余程じゃない限り、二度目を開くことはなかったが、こちらでは、日本語の活字が恋しくて、何度も繰り返し読んでいる。おもしろいもので、エンターテインメント小説など、一度読めば充分だろう、繰り返し読んでも、同じことしか書かれていないのだから、などと思っていたが、読めば読むほど新しい発見があることに気が付いた。登場人物に対するイメージが変わってくるし、それによって読後感も変わってくる。作者のあそびの部分も、これまでほとんど気付いていなかったかもしれない。

読みながらときどき、文章を頭の中で、英語に同時変換してみたりもするのだが、そうすると、日本語はなんて表現力豊かで奥が深いのだろうと思えてくる。

一人称ひとつとってもそうだ。英語なら、わたしも僕も俺も、みな「I」だ。そこで、ふと思った。普段は自分のことを「俺」と言っているのに、手紙にはどうして「僕」と書いているのだろう。「きみ」だなんて呼んだこともないし、「あなた」と呼ばれたこともない。伯父さんと伯母さんの手紙を真似て始めたことだが、手紙の中できみにあなたと呼ばれるのは、なんとも言えず心地よい。

正直、きみに手紙を書いてくれと言われたときは、メールでいいじゃないかと思っていた。何せ、僕は達筆じゃない。人前で字を書く仕事だが、褒められたことは一度もない。基本、メールにして、手紙は半年に一度くらいにしようか、とも思っていた。だが、赴任早々停電だ。きみと言葉を交わすには、手紙しか手段がない。

それが今では、電話線が復旧しても、メールは極力避けて、きみとの文通を楽しみたいと思っている。

メールでは「あなた」とは呼ばれないだろう。手紙だからできる表現があることを、初めて知ったよ。おまけに、漢字が思いつかず、辞書を引くのも何年ぶりだろう。ひらがなでもいいのに、ときみは言ってくれそうだが、真面目な話をひらがなばかりで書くと、こちらの真意が伝わらないんじゃないかと心配になってしまう。いや、もっと単純に、きみにバカだと思われたくない。それだけだ。

ここに来てからの方が、きみを近く感じています。僕の目に映るものは、僕の中のきみの目を通して映っているのかもしれない。だから、何もかもが輝いて見える。——今日はろうそくではなく、電気をつけて書いていることをお忘れなく。

それでは、お元気で。

追伸　南十字星は……きみと二人で見たら感動するのかな。宝石箱みたい、とか言い合いながら。一人で見ると、うーん、微妙なとこだな。

九月二十五日

純一より南の島の宝石箱をきみに
（やりすぎか？）

＊

純くん

純くん、助けて。
夜ごと、あの日の出来事が、頭の中によみがえってくる……。
自転車のカゴの中に入っていた手紙。
一樹くんと和解をするという、康孝くんの整った文字。
自転車で資材置き場に向かう途中、純くんを見かけた。
ここが純くんの家なんだ、って思った。
資材置き場に自転車で入っていって、倉庫の前に停めた。

ドアを開けて中に入ったら、一樹くんがいた。

横倒しになった角材に座って、タバコを吸っていた。

タバコを汚れた床の上で踏みつぶしながら、「なんで?」って言われた。

だから、手紙を見せた。

一樹くんはチッと舌打ちをして、自分が受け取った手紙を見せてくれた。

おまえが母親とは違うとわかったら、今までの暴言を謝りたい。

そう書いていたと思う。

わたしたちは康孝くんを待った。

わたしはドアの近くに転がっていた角材に座った。

お互い黙っていたと思う。

一樹くんには怖いイメージを持ったままだったから。

約束の時間を三十分過ぎても、康孝くんは来なかった。

日が暮れて、倉庫の中も暗くなってきた。

バカバカしい、そう言って一樹くんが立ち上がった。

帰ろうとしたんだと思う。

外開きのドアをバンと勢いよく押したけど、ドアは少し動いただけでそれ以上は開かなかった。

ガタガタと揺すったりしたけど、開かなかった。

閉じこめられた、とつぶやいた。

わたしもドアを押してみたけど、やっぱり開かなかった。

ふざけてんじゃねーぞ、康孝！　一樹くんはそう怒鳴ってドアを思いきり蹴飛ばした。

怖かった。

一樹くんはタバコを取り出して、立ったまま吸い始めた。

正義の味方はタバコは注意しないのかよ。

一樹くんがわたしに言った。

いいことだとは思わない。でも、誰も傷付かないから。

そう言うと、一樹くんはタバコを足元に投げ捨てて、わたしの肩をつかんだ。

怖くてからだがすくんだけど、ふいに、一樹くんが手を離して言った。

おい、あそこから出るぞ。

窓のことだった。

背が届かないのにどうやって？　と思った。

一樹くんが窓の下で四つんばいになって、言った。

鍵じゃなくて、多分、かんぬきをかけてあるだけだろうから、おまえがここから出てドアを開けてくれ。

わたしは言われた通り、一樹くんの背中に載った。靴は脱いだ。

手を伸ばすとぎりぎり窓枠に手が届いた。

窓を開けて……でも、そこからどうすることもできなかった。

わたしはけんすいなんてできないもの。

窓枠に手が届いたからといって、そこから自分のからだを持ち上げることはできなかった。

わたしが踏み台になった方がいいかもしれない。

一樹くんの背中から下りてそう伝えると、それは無理だと言われて、今度は肩車をしてもらうことになった。

スカートだからイヤ。とは言えなかった。

肩車をしてもらって、窓枠に手をかけて片足を移動させたら、ふいにバランスを崩して……多分、床に落ちて、頭を打つかして、気を失ったんだと思う。

ここまでが、おとついの晩まで。

記憶がよみがえっていくのは怖かったけれど、思い出したこととあなたが手紙に書いてくれたことを照らし合わせると、ああそうだったのか、と納得もした。

今日も、純くんのことを思いながら目を閉じた。

目を開けると、あの倉庫の床の上だった。

暗くて、意識がもうろうとする中、誰かの後ろ姿が見えた。

一樹くんかと思ったけれど、もっと背が高くて……、片手に血の付いた角材を持っていた。

その人の足元には一樹くんが倒れていた。

一樹くんの焦点の合わない目がこちらを向いていて、わたしの意識はまた遠のいていった。

純くん、助けて、助けて、助けて。

わたしが見たのは何だったの？

わたしは、どうすればいいの？

これはただの悪い夢だと言ってほしい。

お願い、純くん。

まりこ

＊

万里子へ

これがきみへの最後の手紙になるはずだ。


きみが見たのは夢ではない。きみがあの日、現実に目にしたことだ。

いつかこういう日がくるのではないかと思っていた。きみから手紙で事件のことを訊ねられるたびに、どう答えるべきか悩んでいた。

真実を打ち明けるべきか。嘘をつくべきか。真実を打ち明ける勇気などどこにもない。ならば、嘘をつくとして、それは一〇〇パーセントの嘘なのか。五〇パーセントの真実と五〇パーセントの嘘なのか。九〇パーセントの真実と一〇パーセントの嘘なのか。

記憶がないとはいえ、きみは高校を卒業するまであの町で過ごしたのだから、表向きの事実はある程度耳に入っているはずだ。大きな嘘はすぐに見抜かれてしまうだろう。だから、僕はほんの少しだけ嘘をつくことにした。

僕もまた一樹を憎んでいた。理由は康孝と同じ。僕の父親も一樹の母親に入れ込んでいた。それで一樹を憎むのは、今でこそお門違いだということがよくわかるが、あの頃の僕にとっては、充分に憎むべき事柄となりえた。しかも、康孝という、同じ気持ちを共有し、さらに強い憎しみを抱いているヤツが近くにいたのだから。それが間違っているとどうして気付くことができるだろう。

一樹を憎む気持ちは、あいつが康孝に手を上げるにつれ、増していった。それならば、仲裁に入ればよかったのに、ときみは思うだろう。だが、僕は康孝をかばう気持ちもなかった。それよりは、みなから徐々に軽蔑されていく一樹を黙って見ている方が、小気味がよかった。きみに仲裁に入られて、むくれてどこかへ行ってしまうあいつの背中に向かって、いつも「ザマアミロ」ってつぶやいていたよ。

あの日、資材置き場に向かうきみを見かけたことは事実だ。きみの記憶は間違っていない。きみが心配で、家の外で待っていたのも事実だ。僕は手紙にまったくのデタラメを書いていたわけじゃない。一時間経ってもきみは戻ってこないから、僕は資材置き場に向かった。倉庫の横にきみの自転車があるのを見つけ、入口の方に向かうと、ドアにかんぬきがかけられていた。

康孝ときみが閉じこめられているのかと思った。中に入るとドア付近にきみが倒れていた。そして、窓の下に一樹が立っていた。彼女はどうしたんだと訊ねたら「窓から落ちた」と言われた。だが、あいつはきみの心配をするよりも、康孝に腹を立てていた。今からあいつを連れ出して、二度とこんな気をおこさないようになるまで痛めつけてやる、と勢い込みながら、康孝の父親をなじる言葉を口にした。康孝が一樹の母親をなじるのと同じ言葉だった。一樹は康孝の父親をさんざんなじり倒したあとで、僕に向かってこう言った。

――おまえの親父もおんなじか。

蔑《さげす》むような笑みを浮かべていた。言いたいことをすべてぶちまけて満足したのか、一樹は外に出ようと、僕に背を向けた。僕はとっさに足元にあった角材を拾い、高く振り上げると、あいつの後頭部を目がけて思い切り振り下ろした。

正気に戻ったのは、あいつがくずれ落ちて動かなくなったあとだ。

どうすればいい。暗がりの中、足元を見ると、タバコの吸い殻が落ちていた。一樹のものだとわかった。僕はあいつのズボンのポケットからライターを取り出して、おがくずを集めて火をつけた。想像以上に激しく燃え上がり、これなら大丈夫だと確信した。火傷をしたのはそのときだ。

きみを抱えて外に出た。そして、火が倉庫全体を包み込むのを見届けてから、資材置き場に一番近い家に駆け込んだ。

あとは、前の手紙に書いた通りだ。

出火の原因は一樹のタバコと見なされるだろうと思ったが、きみのスカートに入っていた手紙から、二人を閉じこめたのは康孝だとわかり、康孝の放火が疑われた。翌朝、康孝が自殺をしていたことにより、放火説がさらに強まったが、出火原因がそれ以上追及されることはなかった。

康孝が自殺したのは、出火原因が何であれ、自分が倉庫に閉じこめたことにより一樹が死んでしまったことを、自分が一樹を殺したかのように捉えてしまったからだろう。一樹を殺したのは僕なのに。康孝が死んだのも僕のせいだ。

僕は、二人の、仲のよかった幼なじみの命を奪った、最低な人間だ。

一樹を殴り倒したところを、まさかきみが見ていたとは。

僕が倉庫に入ったとき、きみは気を失って倒れていたから、真相が明らかになることはないと思ったけれど、きみが事件前後の記憶を失っていると知ったときは、やはり、胸をなで下ろしたよ。だが、油断はできないとも思った。時効になるまで、きみを見張っていなければ、と。

僕の不安をよそに、きみは事件のことを思い出すどころか、律儀に約束を守り、口に出すこともなかった。火の中から僕が救い出したと信じ込み、一〇〇パーセントの信頼を僕に寄せてくれた。もう大丈夫だろうと思った途端、きみを見張っていることが煩わしくなってしまった。

国際ボランティア隊に応募したのは、きみから逃れるためだ。派遣国が治安の悪いところだと知ったときは、俺にぴったりじゃないかと笑ってしまったくらいだ。

それなのに、まさか、手紙に事件のことを書かれるとは。しかも、うまく嘘をつき通せたと思ったところに、記憶が戻り、予想外の目撃情報だ。

命を奪ったという重い罪に、嘘をかけても、なかったことにはならないということか。0をかけるとはそういうことじゃないと、きみに説明したばかりなのに、僕自身が理解していなかったとは、愚かなものだ。
僕はこの先、どう決着をつけるべきなのか。
村の交番に行っても埒《らち》があかないことだけは確かだ。
ただ、この手紙がきみに届く頃にはもう、時効を迎えているのではないだろうか。
僕は自由、きみも自由、ということだ。
どうか、お幸せに。
さようなら。

十一月五日

純一より

*

最愛のあなたへ

この手紙が、あなたへ届きますように。
あなたに報告しなければならないことがあります。わたしはすべてを思い出しました。まずは、前回の手紙を書く前まで遡らなければなりません。

英会話サークルの阿部さんは、あなたの指摘通り、男性です。誰にでも調子のいい人なので、自分が好意を寄せられているなど思ってもいませんでしたが、夏のバーベキュー以降、二人で食事をしようと、何度か誘われたことはありました。つきあっている人がいるから、と断ると、社内では一人になったと噂がたっている、と言われ、あなたが国際ボランティア隊でP国に赴任していることを話しました。

けれど、それがよくなかったのかもしれません。それでは週末ヒマだろうと、英会話サークルの人たちを交えての食事会が開かれることになりました。他の人がいれば大丈夫だろうと参加したのですが、隣りに座った阿部さんが、いきなりタバコを吸い始めたあたりから気分が悪くなり、早々に引き上げました。

その晩からです。目を閉じると、あの日のことが断片的に浮かんでくるようになったのは。最初は夢かと思いました。あなたの手紙であの日のことを知り、それに基づいた映像を勝手に作り上げているだけなのだと。自転車のカゴに手紙が入っていたり、資材置き場に向かったり、途中、あなたを見かけたり。

しかし、映像は徐々に、あなたから聞いていない、あなたの知らない場面へと移り変わっていきました。一樹くんが吸っていたタバコの匂いや、窓から出るために背中に載ったときの足の裏の感触が、夢とは思えないほど鮮明に体の中によみがえり、これは実際に自分が体験したことなのだと確信しました。

そして、角材を手にしたあなたの後ろ姿が浮かび、どうすればいいのかわからず、殴り書きのような手紙をあなたに送ってしまったのです。

それから一週間後でした。

元気がなさそうだから美味いものでも食いに行こう、と阿部さんに誘われ、応じてしまったのです。アルコールは苦手なのに、たくさん飲んでしまいました。自暴自棄になっていたことは否定できません。足元のおぼつかないわたしを、阿部さんはタクシーに乗せ、自分のマンションに連れて帰りました。部屋に上がると、阿部さんはタバコを一本吸いました。灰皿に押しつけられる吸い殻をぼんやり眺めていると、突然、抱きつかれ、床の上に押し倒され――、抵抗すると、顔をぶたれ――その瞬間、一番深いところに封印していたことを思い出してしまったのです。

溢れ出す記憶とともに、断末魔の叫びのような声をあげたのだと思います。阿部さんはわたしから飛び退《の》くと、気味悪そうにわたしを見ながら、早く帰れと言いました。

今はもう、目を閉じなくても、あの日のことをすべて鮮明に思い返すことができます。倉庫の中での出来事も。

一樹くんに肩車をしてもらい、窓枠に手をかけて、片足をのばし、からだの重心を移動させようとした瞬間、腰に強い力がかかりました。一樹くんがわたしの腰に手を回し、窓から引き下ろしたのです。かぶさるように抱きつかれ、スカートの中に手を入れられながら、押し倒され、わたしは夢中になって抵抗した。でも、タバコくさい体はわたしの力じゃびくともしなくて、わたしは彼を思いつくかぎりの言葉で罵《ののし》った。そうしたら、顔をおもいきりぶたれて――殺される、って思った。

手に触れた角材を握って思いきり振り回し、一樹くんがからだを離したあとも、立ち上がって振り回し続けて、頭を殴った。膝をついたところを、もう一回振り下ろすと、そのまま倒れて動かなくなってしまった。

怖くて、怖くて、怖くて、怖くて、なかったことにしようと脳が判断したんだと思う。ぷつりと意識が途切れました。

どのくらい経ってか、目を開けると、背の高い後ろ姿が見えました。あなたです。あなたが手にしていた角材は、わたしが一樹くんを殴ったものだと思う。

一樹くんを殺してしまったのは、わたし。あなたはそれを知っていて、わたしをかばうために、火をつけてくれたんでしょ？

一樹くんが死んだ原因が自分にあると思って康孝くんが自殺したのなら、彼の死も、わたしのせいです。

二人のクラスメイトを死に追いやったのは、わたし。記憶をなくしたことにも、納得がいきました。倉庫に閉じこめられて火事になったくらいで、すべてを忘れてしまうほど、わたしは繊細な人間ではなかったはずなのだから。

誰よりもまず、あなたに報告しなければならないと思いました。でも、書けなかった。前の手紙を出したことを後悔しました。あれがなければ、わたしたちのあいだでは、事件のことは解決していたのですから、記憶がないふりをしながら、あなたと文通を続け、あなたの帰りを待つことができたのに。

何もできないうちに、あなたから手紙が届きました。開封するのが怖かった。一樹くんを殺したのはあなただと、間接的に書いて送ったのだから、あなたは怒り、いえ、あきれ果て、一樹を殺したのはおまえだと、真相を書いてくるはずだと思いました。でも、それならば、すべて思い出せていてよかったとも思いました。

自分で思い出す前に、あなたから真相を告げられていたら、わたしはそれを受け止めることができなかったはずです。勇気を出して、開封することにしました。

真相など何一つ書いていなかった。

嘘ばかり。

あなたが一樹くんを殺して、あなたが康孝くんを死に追いやった。どうしてそんな嘘がつけるんだろう。どうして、そんな嘘を書いてくれるんだろう。わたしなんかのために。

一樹くんを憎んでいたというのも嘘。

昨日、あなたのご実家に電話をかけました。用件は、「家族訪問ツアー」についてです。わたしが参加できないのなら、お正月休みにみんなで自費で行こうと誘っていただいていたお返事をしました。そのときに、あなたのお母さんから、あなたが中学生だった三年間、お父さんが単身赴任に出ていたことを教えてもらいました。だから二年なんてあっという間よ、と言われました。

自分が一樹を殺したとすれば、動機も必要だ。そう思って、あんな作り話を考えたんでしょう？自分の親や友だちを貶めるのは、たとえ嘘でも、辛かったはずです。

ごめんなさい。ごめんなさい。ごめんなさい。

嘘をつかせて、ごめんなさい。あなたの十五年間を奪って、ごめんなさい。

ごめんなさい――と書くのは狡《ずる》いですか？

ごめんなさいと書きながら、謝る気持ちよりも、あなたを愛しているという気持ちの方が強くて、でも、それはもう書いてはいけない言葉だとわかっているので、すべての気持ちをごめんなさいに託してしまっています。

わたしからの手紙はこれで最後です。

この先は、まだよくわからないけれど、あなたを心配させるようなことは絶対にしないので、それだけは安心してください。この手紙の文字も文面も、前回のものより落ち着いているでしょう？不思議です。あなたが殺人者であるよりも、自分が殺人者であることの方が冷静に受け止められるなんて。……そうだ。

ありがとう、は書いてもいいですよね。十五年間、一緒にいてくれて、ありがとう。守ってくれて、ありがとう。嘘をついてくれて、ありがとう。

あなたの罪は何もないのだから、どんなに嘘を重ねても、あなたが罪をかぶることはできません。0をかけるとは、こういうことですよね、純一先生。

あなたが教えたことは、あなたが帰国したあとも、ずっと子どもたちの中に残る。いつまでも、いつまでも。

どうか、お元気で。

十一月二十五日

万里子より

ようだ。

*

万里子へ

この手紙はきみに届くだろうか。

ようやく電話線が復旧したというのに、今度は、きみの方が解約してしまったのだろうか。電話もメールも、きみのもとへは繋がらない。やはりこの、極彩色の鳥が描かれた切手に託すしかないようだ。

きみがすべてを思い出していたのなら、あれを最後の手紙にするべきではなかった。あの手紙には、きみが見抜いた嘘以外に、まだ嘘があるのだから。僕は本当のことを書かなければならない。これは、真実だけを書いた手紙だ。

きみは僕に罪はないというが、僕にはきみよりも大きな罪がある。

あの日、資材置き場の倉庫の横にきみの自転車を見つけた僕は、倉庫の入口には向かわず、裏手にまわった。部外者の僕が、堂々と正面から入っていくことにためらいがあったからだ。

足音をひそめて裏手にまわると、窓が開いていた。窓の下に立ち、ふと足元を見ると、木箱があり、その横にタバコの吸い殻が二本落ちていた。僕以外にも、ここに来たヤツがいるということだろうか。そう思いながら、窓の向こうに耳を傾けた。だが、会話らしい声は何も聞こえない。一樹が暴力を振るっているような物音もしない。誰もいないのだろうか、帰ってしまったのだろうか。そう思ったが、外にはきみの自転車がある。

僕は木箱の上に立ち、中をのぞいてみた。暗くてよく見えなかったが、誰かが倒れているのが見えた。一樹だった。目を開けたまま、顔を横向きにうつぶせで倒れ、頭から血を流していた。急いで入口にまわると、ドアにかんぬきがかけられていた。それを引き抜き、中に入ると、きみが倒れていた。

背中を丸めてうずくまるように倒れていた。頬は赤く腫れ、ブラウスのボタンが胸の下まで外されていた。だが、呼吸はあった。そのまま奥に進み、一樹を確認したが、一樹は息をしていなかった。一樹の横に角材があった。拾い上げると、血が付いていることがわかった。

康孝がやったのか。

きみと一樹を倉庫に呼び出し、襲ったあと、かんぬきをかけて逃げた。そんな姿が頭に浮かんだ。きみが目を開けたのはそのときだろう。きみは目を開けて、僕が見えたところまでしか思い出していないかもしれないが、僕に向かってこう言ったんだ。

——純一くん、わたしを助けて。

襲われたことを言っているようにも取れるけど、僕はそのとき、きみが一樹を殴ったのだと確信した。一樹がきみにしようとしたことも。こうなることを予測して、康孝がきみと一樹を閉じこめたということも。

この手紙に嘘はないと宣言していなければ、倉庫に入ったとき、一樹はまだ息をしていて、病院に運べば助かったのに、僕はそれをせずにとどめをさした、と書くこともできたかもしれない。だが、そんな嘘をついても、きみの救いにはならないのだろう。だから、嘘は書かない。

僕が振り向いたとき、きみは目を閉じていた。だから僕は、きみは僕がここにいることに気付かずに、無意識の中で僕に助けを求めたのだと思った。きみは初めからずっと、僕に助けを求め続けていたのだと。それほどに、僕を必要としてくれていたのだと。イジメが始まる前から、僕を見ていてくれたのかもしれないと。

きみを人殺しにしないためには、どうすればいい。

一樹の死を事故にすればいい。

そこからは、前に書いた通りだ。タバコの不始末で火が上がり、焼け死んだ。頭の傷は角材が倒れてきたせいだと見せかけられるよう、横に寝かせてあった角材を壁に立てかけて、その下におがくずを集め、一樹のポケットからライターを出して火をつけた。左手に火傷を負ったのは、その中の一本が僕に向かって倒れてきたからだ。

きみを救急車に乗せ、僕自身も火傷の手当を受け、警察にこれまでの手紙に書いたのと同様のことを話した。きみのポケットに入っていた手紙や、呼び出された担任がクラス内でのイジメを認めたことから、僕が疑われることは何もなく、解放されたのは深夜、零時をまわったあとだった。僕は家に帰らず、康孝の家に行き、あいつを呼び出した。

どうしても確認しておかなければならないことがあったからだ。

資材置き場はようやく鎮火した頃だったから、僕たちの家の近辺は昼間のようにざわついていた。車に乗って火事を見に来る野次馬もいたくらいだ。僕らは流れに逆らって、中学校に向かった。誰にも見つからずに話ができるよう、学校の屋上に行こうと提案したのは僕だ。

康孝は怯えていた。怯えながら、精一杯虚勢を張っていた。

——俺のせいじゃないからな。

外階段を上がり、屋上に着いた開口一番、あいつはそう言った。僕は、きみのスカートに入っていた手紙のことを言ってやった。おまえが呼び出した証拠はあるんだ、と。火をつける前に、僕はきみのブラウスのボタンをはめた。そのときに、スカートのポケットからのぞいている紙切れに気が付いたんだ。

——俺は二人を閉じこめただけだ。

康孝は一樹を最大限に貶める方法を考えた。それが、きみを襲わせることだった。そんな計画が成り立つものか、と思ったが、あいつがきみに「これ以上邪魔するなら、ヤルぞ」と脅したのを、何人もの同級生が聞いている。一晩二人で閉じこめられたと知れば、実際はどうであれ、何かあったと見なされるはずだ。

だが、康孝は、一樹がきみに手を出すことを確信していた。康孝の観察眼によれば、一樹は同じクラスになってからずっと、きみを見ていたらしい。きみに止めてほしくて、わざと挑発に乗っているんじゃないかとまで言っていた。

——女がみんな自分の母親みたいに簡単にヤラせてくれると思ったら大間違いだ。

一樹が死んだことも知っていて、その原因が自分にもあるというのに、康孝は高いところから蔑むような笑いを浮かべてそう言った。

——黙れ、人殺し。おまえが火をつけた証拠はあるんだ。

僕はズボンのポケットから、タバコの吸い殻を一つ取り出した。康孝が吸っている銘柄のものだった。康孝は青ざめた顔をして黙り込んだ。身に覚えがあるのだろう。倉庫の裏手の窓の下に落ちていたものだった。倉庫からきみを連れ出したあと、いったん倉庫から離れた場所にきみを置き、あの吸い殻を拾っておいたのだ。

なぜ、そんなことをしたのか。タバコの吸い殻は最初に見たときから康孝のものじゃないかと思っていた。木箱を用意したのもだ。そのときはどうでもいいことだった。だが、きみが一樹を殴り倒したことを知ってからは、ほうっておくわけにはいかなかった。

康孝はいつ、あそこでタバコを吸っていたのか。吸い殻は二本落ちていた。となれば、ある程度の時間、あの場所にいたことが考えられる。万が一、一樹を殴ったのがきみだと知っていたら。

康孝を呼び出したのはそのためだった。

——いつ吸ったんだ。

——二人を待っているあいだ。倉庫の裏で待ち伏せして、二人が中にはいったことを確認して、かんぬきをかけて家に帰った。

——ちゃんと火を消したって言いきれるのか。

そう言うと、康孝は両手で頭を抱え込んだ。指先がわざとらしいほど震えていた。タバコの火をどうしたか憶えていないくらい、しかけた罠に獲物がかかったことが嬉しく、浮かれた足取りで、あいつは入口に向かったのだろう。倉庫からいつ火が上がったのかあいつは知らない。僕は警察に、七時頃に倉庫に行くと火が上がっていたと証言したので、時間的に、出火原因は康孝のタバコの不始末ということは充分に成立する。

——おまえは二人を閉じこめただけじゃない。火事もおまえのせいだ。

僕は震える康孝の頭上から、容赦なく罵った。

——おまえは放火殺人犯だ。たとえ未成年でも、かなり重い罰を受けることになるだろうよ。生きているあいだじゅう、罪を償わなければならないんだ。

そう言って、僕は康孝を残して屋上を去り、きみが運ばれた病院に向かった。心配することは何もない。僕はきみを守ってあげたよ。そう報告するために。

きみの記憶が抜け落ちていることと、康孝が屋上から飛び降りたこと、先に聞いたのはどちらだっただろう。

康孝を殺したのは僕だ。

いつタバコを吸っていたのか確認できればよかっただけなのに、僕は故意にあいつを追いつめたのだから。

きみの手紙を読んで、康孝が一樹を呼び出した手紙の内容を初めて知った。康孝は僕には虚勢を張ってあんな言い方をしたけれど、本当は賭けをしていたんじゃないだろうか。一晩、二人を閉じこめて何も起こらなければ、一樹に謝ろうと。

こんなことを書くと、きみを傷つけてしまいそうだが、できれば、記憶の中の一樹を蔑まないでほしい。僕たちが初めてからだを合わせたのは、あの事件からわずか三年後だ。きみを大切にしなければならないと思っていたのに、火傷の痕に手を添えて、ごめんなさい、とつぶやくきみを、僕は抱きしめずにはいられなかった。抱きしめるだけで終わらせることができなかった。そのときの僕の気持ちと、肩の上に載ったきみをとっさに抱き下ろしてしまった一樹の気持ちは、さほど変わりないはずだから。

きみの罪も僕の罪も、0ではない。

だが、きみはもう時効を迎えた。僕はまだだ。日本を離れているあいだはカウントされないからね。この事実に、僕はとても満足している。

なぜだろうね。

さっきから、外が妙に騒がしい。

めずらしく、観光客でも来たのだろうか。いつもは夜に書いていたのに、受け取ったばかりのきみからの手紙を読んだあと、返事を書かずにいられなかった。窓の向こうに広がる星空を見ながら最後の言葉を書きたかったが、今見えるのは、うちに向かって歩いてくる大家のおばさん。

僕の名前を大声で呼んでいる。

誰か連れているようだ。

ここまで書いてなお、それがきみに見える僕は、なんてあきらめが悪いのだろう。

きみを愛している。

今日の手紙に嘘はない。

十二月十五日

純一より

初出
「十年後の卒業文集」（「パピルス」VOL.27～28）
「二十年後の宿題」（「パピルス」VOL.29～30）
「十五年後の補習」（書き下ろし）

著者紹介
一九七三年広島県生まれ。二〇〇七年「聖職者」で第二十九回小説推理新人賞を受賞。同作を収録したデビュー作『告白』が〇八年「週刊文春ミステリーベスト10」、〇九年「本屋大賞」でそれぞれ第一位となる。著書に『少女』『贖罪』『Nのために』『夜行観覧車』がある。

往復書簡

二〇一〇年九月二五日　第一刷発行

著　者　湊かなえ
発行者　見城徹
発行所　株式会社幻冬舎
〒一五一-〇〇五一東京都渋谷区千駄ヶ谷四-九-七
電話　〇三-五四一一-六二一一（編集）
〇三-五四一一-六二二二（営業）
振替　〇〇一二〇-八-七六七六四三
印刷・製本所　中央精版印刷株式会社

検印廃止

Printed in Japan
ISBN978-4-344-01883-9　C0093

幻冬舎ホームページアドレス
http://www.gentosha.co.jp/

この本に関するご意見・ご感想をメールでお寄せいただく場合は、comment@gentosha.co.jpまで。